JN042722

説 —

湯けむり艶肌旅

葉原 鉄

竹書房ラブロマン文庫

目次

この作品は、竹書房ラブロマン文庫のために
書き下ろされたものです。

第一章　温泉宿の美人仲居

浅城《あさぎ》温泉はすっかり寂《さび》れていた。

山なりに傾斜のついた土地で、流れゆく清流の左右に温泉街がある。旅館とホテルがいくつも連なり、その半分ほどが営業していない。

まだ昼間なのに人通りもすくない。

歩いていると物寂しい。

「でも、それがいいんだ」

卓《すぐる》は独りごちた。自分に言い聞かせる口ぶりだった。

浅城が観光地として名を馳せていたのは高度経済成長期からバブル期である。その後は不景気の波に呑《の》まれてしまった。

健在な旅館や土産物《みやげもの》屋も多数ある。だが大きなホテルほど取り壊しに費用がかかるため放置され、目立つがゆえに廃墟の印象を強くしてしまう。

卓が予約した宿は川沿いの表通りでなく、脇道に逸《そ》れた先にあった。

四季宿《しきやど》あおい。

鬱蒼《うっそう》と茂った山の木々を背負った旅館である。

二階建ての和風建築で、威厳のある佇《たたず》まいだが旅館としては少々コンパクトだ。分類としては民宿らしいので、そう考えると逆に大きめかもしれない。

「ごめんください」

出迎えはなかったので、自分で出入り口を開いて玄関ロビーに入る。

左手に下駄箱、右手に受け付けカウンター。

パタパタと軽い足音がして、カウンターに和服姿の女性が現れた。

「お待たせして申し訳ございません。四季宿あおいにようこそ」

カウンターに額をぶつける寸前まで頭を下げる。かと思えばバネ仕込みのように勢いよく顔をあげた。

「女将《おかみ》の敷山葵《しきやまあおい》です」

若々しい面立《おもだ》ちだった。

目がぱっちり大きく、ナチュラルメイクなのか口紅は薄い。頬《ほお》や顎《あご》のラインが柔らかで、はっきり言ってしまえば童顔である。ポニーテールと桜模様の着物は女将というより女学生のようだ。

そして、幼いなりに整った相貌は美少女と言っても過言ではない。

――廃墟の温泉街に花咲く若女将。

そんなネット記事を見かけた記憶がある。だから、というわけでもないが、宿泊先はどこでもよかったので、目に付いた民宿を選んだ。

葵は記帳した名前を確認し、あらためて頭を下げた。

「ご予約の荻名《おぎな》さまですね。遠いところからありがとうございます！」

にっかりと明るい笑顔は少年的なほど無邪気だった。

たしか年齢は大学生ほど。経営難の旅館をもり立てるため、看板娘を兼ねて実母から女将の座を譲り受けた、とネット記事には書かれていた。

「お部屋にご案内します。お荷物お預かりしますね」

「あ、だいじょうぶです。けっこう重いだろうから……」

葵の頭は卓の顎に届くかどうかの高さしかない。着物の袖からのぞける手首も華奢《きゃしゃ》で、重労働に向いているとは思えなかった。

「こう見えてけっこう力はあるんです、っと」

葵はノートパソコン入りのスポーツバッグを両手で持ちあげた。最初は予想外の重さに驚いていたが、すぐに姿勢を安定させて卓を案内する。

卓は靴を下駄箱に入れてスリッパを履《は》き、玄関正面の階段を登った。

「お部屋は二階になります。露天風呂は一階ですが、部屋付きの浴室もございますので、どうぞご自由にお楽しみください、荻名先生」

「ええ、どうも」

適当に返しながらも、卓は内心ドキリとした。

なんでペンネームで予約を入れてしまったのかと後悔する。

それでいて、先生と呼ばれてちょっとした自尊心がくすぐられるのも事実。

「あら、女将。荻名先生いらっしゃったんですね」

階段の上からおっとりした声が聞こえた。

見あげれば紺色の着物に前掛けの仲居《なかい》が二階にいた。

笑顔がおっとりしていて、化粧の濃さも程よく、匂い立つような美熟女《びじゅくじょ》だ。

「はあ、まあ……荻名です」

卓が愛想笑いで頭を下げると、仲居は胸のまえで小さく手を叩く。

「大作家先生に来ていただけるなんて、一流の旅館みたいで嬉しいわぁ」

「そんな、大作家だなんて。まだまだ駆け出しですから」

謙遜《けんそん》半分だが残り半分は本音。大学在学中にデビューしてそろそろ四年。作家としてはまだまだこれからの時期である。

「八重《やえ》さん、無理にサインねだっちゃダメだからね？」

若女将は美人仲居に微笑《ほほえ》みかけた。

「もちろんわかってるわよ。お客さまにはお仕事も時間も忘れてごゆるりとしてもらうのが四季宿あおいですもの。さあさあ若女将さん、ご案内はわたくしに任せて」

「お母さんのほうが忙しいんじゃないの。もう晩ご飯の準備しないとでしょ？」

「お母さんでなく、八重さん、です」

「そーでした。もう、わかりました。お任せします」

入れ替わりで美人仲居の八重が卓のスポーツバッグを持った。大きくふらつくが、若女将に支えられて事なきを得る。

「ではこちらです」

「どうも……仲居さんは女将さんのお母さまで？」

「はい、敷山八重と申します。以前はわたくしが女将だったのですが、あの子のほうがしっかりしてますし、若い娘が女将になったほうが話題になるでしょう？」

ハキハキと快活な娘にくらべると、八重はゆるやかで奥ゆかしい。親子だけあってともに容姿は美しいが、話題になるのは美人女将より若女将だろう。

「お部屋はこちらになります」

案内されたのは八畳程度の和室だった。奥には手狭ながら広縁《ひろえん》もある。窓からは秋色に染まりはじめた山の景色が見える。

「部屋付きのお風呂は右手にございます。少々手狭ですが大浴場とおなじ源泉を使用しております。毎日午前中に清掃のお時間をいただきますが、それ以外は二十四時間ご自由にお使いください」

小旅館である四季宿あおいに風呂つきの客室は三つしかない。宿泊料がかさむのは折りこみ済み。大浴場でだれかに話しかけられるよりは、ひとりでのんびりするのを卓は好む。部屋がさほど広くないのも自室に近くて愛着が持てる。

その後、いくつかの注意事項や食事のシステムについて説明があった。すべて問題なし。卓は早くひとりになりたかった。

「それではごゆっくり」

見透かしたようなタイミングで八重は退室した。

卓は一息つくと、スポーツバッグからノートパソコンを出す。コンセントをつなぎ、電源をつけて、テキストエディタを起動。

この作業機械には最低限の機能しか搭載していない。テキストエディタのほかに入っているのはデフォルトのソフトウェアのみ。執筆時に必要になる資料でデジタル化できたものが保存されているぐらいだ。

卓は次回作を執筆するためだけに、四季宿あおいにやってきたのだった。


執筆は進まなかった。

プロットはできているのに、章はじめの一文が書けない。

スランプだった。

「わざわざ気分転換に旅館まできて、この有様《ありさま》かあ」

ひとりごちて苦笑する。

大学在学中にクライム小説でデビューしたのが四年前。スマッシュヒットを記録した。以降の作品も売上げは上々。つい先日デビュー作の映画版も公開した。順風満帆と言っていいが、人気になればなるほど気が引けるのが小心者だ。

自分みたいな駆け出しが持てはやされていいのだろうか、と。

売上げランキングで尊敬する作家に勝ったときの気分は一言で言い表せない。嬉しさもあったが、それ以上に申し訳なくて仕方なかった。

「俺の文章なんてまだまだ粗《あら》いのに」

期待されればされるほど萎縮《いしゅく》した。原稿を読み返すたびに自分の未熟さを思い知って泣きたい気分にもなる。だからと言って仕事を放り出せるほどの度胸もない。大学卒業後、特定の会社に就職できたわけでもなく、いわゆる専業作家だ。編集には就職したほうが良いとは言われたが、面接が苦手で落ちっぱなしで、心が折れた。

「……書かなきゃ」

ヒットしているうちに書くだけ書きたい。

できるかぎり貯金して、老後まで安心して暮らせるだけの資産にしたい。

けれど。

「こんな生活してたら、出会いもない」

ぼそりと言って、嫌なことを思い出す。

——荻名卓は人間が書けない。とくに女性の書き方は漫画以下だ。

とある批評家の言葉が腹の底に重く響いた。その批評自体が漫画に対する侮辱《ぶじょく》だとして、ネット上で軽く炎上したのだが。

実際荻名の女キャラは浮いてるだの、ラノベっぽいだの、今時のキャラクター重視のライト文芸だろだの、だとしてもセンスが古いだの。

それはそれで良いという意見もあるが、卓にとっては急所だった。

「ほんとうに女性と縁がないからなぁ……」

生来の気弱な性格もあって、女性と付きあったことは一度もない。女友達もいない。

バレンタインデーにチョコをくれるのは母親ぐらいだった。

だからこそ、あえて今回の新作は女性を主人公にした。

苦手意識を克服するべく、濡れ場も多数用意した。

だが、いざ書きはじめると、案の定の大苦戦。一章はなんとか書きあげたが、二章以降を書ける自信がない。このままでは締め切りに間に合わない。

そこで昭和の文豪に倣《なら》って旅館に籠《こ》もることを思いついた。

さいわいにも半年前に上梓《じょうし》した新作が好調で、懐《ふところ》には余裕がある。

「なのに……書けない」

大きくため息をつく。

出入り口がノックされた。

「荻名さま、失礼いたします。ご夕食をお持ちしました」

「あ、どうも、ありがとうございます」

卓は卓上のノートパソコンを閉じ、脇の畳に置いた。

引き戸が開かれ、食膳を抱えた八重が入ってくる。

「よいしょ、と」

かけ声ひとつで膝をつき、配膳をはじめた。

彼女が上体を屈めると着物の胸が重みたっぷりにぶら下がる。和服は体型がわかりづらいと言うが、それを補って余りある肉付きだ。

卓は目のやり場に困って視線を逸らす。

「本日は鮎の塩焼きです。近くの川で釣れた新鮮な鮎ですよ」

鮎はよく太って大きいものがふたつ。それを囲むように山菜の天ぷら、秋野菜の和風サラダ、キノコたっぷりの味噌汁。茶碗いっぱいの米は雑穀入りで赤みがかったもの。デザートに手作りとおぼしきプリンもあった。

「うわあ……豪勢ですね」

「ま、うれしい。そう言っていただけると腕によりをかけた甲斐があります」

「仲居さんが作ったんですか？」

「ええ、恥ずかしながら。わたくしが板前がわりです。若女将やバイトさんパートさんにも助けてもらってますけど」

卓は声もなく唸った。

大きな旅館にくらべると家庭料理の趣《おもむき》が強いかもしれない。それがかえって独り身の卓にはありがたい。自宅ではおかず一品を大量に作ることが多く、彩り豊かとはとても言えない。単純に美人が作ってくれた事実だけでも気分がよかった。

「ではごゆっくり。執筆活動がんばってくださいね」

八重は両手を握り拳にして小さく振った。まるで少女のような仕草だが、どこかのんびりした美熟女にはやけに似合う。

年上だけど、かわいらしい。

卓は無意識に鼻の下を伸ばして、出ていく仲居の後ろ姿を見つめた。着物に浮き出るお尻の稜線も胸に負けず劣らずたわわだった。

食後の膳を引き取りにきたのは若女将の葵だった。

「いかがでしたか？」

「鮎が美味《おい》しかったです。こう、野趣というか、小学校のころ学校の行事でキャンプをしたときに焼いて食べた鮎を思い出して」

「ありがとうございます！　母もすごく喜びます！」

葵は弾《はじ》けるようにほほ笑んだ。若くて健康的な表情だった。

が、よく見れば彼女の首の下でも肉の丸みが和服を押しあげている。母親譲りの豊かさである。

彼女がいなくなってからも、胸のことばかり考えた。

「いい匂いがした……」

八重からは化粧の匂いがした。大人の女の官能的なフェロモンである。

対して、葵からは柑橘類《かんきつるい》のような甘く爽やかな香りがした。少女特有の若い芳香だ。

「体臭ってこんなにいいものなのか」

においの先に、魅惑の柔肉がある。そんな実感が湧いてきて、胸が高鳴る。女性と付きあった経験もないので初めての感情だ。

ズボンのなかで男自身が盛りあがる。

「……原稿を書こう」

そう独りごちて仕事を再開したが、それからしばらく経《た》っても、最初の一行が書けなかった。

ずっとノートパソコンに向かっていたわけでもない。たびたびスマートフォンに逃げていた。とくに葵と八重の色香に触れた今は、なにかしらのエロコンテンツに触れたい気分だ。

エロ動画でも見て解消するべきかと思う。

「ああっ……あんッ、ああっ……」

艶《なま》めかしい声が聞こえてきてビクリとする。

まだ動画は再生していない。スマホで探してもいない。

「あんっ、なんでぇ……そこじゃない、ああ、違うぅ……んっ、あっ、そこ、そこよぉ、そこを集中的にぃ……！」

耳を澄ませば、背後の壁から聞こえてくるらしかった。

隣室にカップルか夫婦が宿泊しているのだろう。夕食時に酒でも飲んで盛りあがったのかもしれない。壁があまり厚くないので甘い声がよく聞こえる。

卓はため息をついてスポーツバッグを漁った。スマホにイヤホンを差して音楽を聴けば余計な音を切り離せると思ったのだが。

「そうだった……あっちのバッグに入れてそのままだ」

普段の外出用ボディバッグに入れたまま、移し変えるのを忘れていた。もちろんそのボディバッグは自宅に置きっぱなしである。

無粋な嬌声《さえぎ》を遮る手段はもうない。手で耳を塞《ふさ》いでは執筆ができない。近所にコンビニでもあれば買い物に行きたいが、この宿の門限は二十二時。すでに二十分経過している。そもそもコンビニの場所もわかっていない。

「こんなんじゃ、進むわけないよ……」

言い訳だった。

調子がよければ周囲の音など聞こえない。逆に調子が悪ければ周囲が静寂だろうといっさい書けない。気が散るのは心の問題だと自覚はしている。

「荻名先生、失礼いたします」

外から呼びかけられると、好都合だとすら思った。

「はい？」

「夜分遅く失礼いたします。お夜食を持ってまいりました」

八重がお盆を持って部屋に入ってきた。

お盆のうえにはおにぎりと卵焼き、ウインナー。簡素だが食欲をそそるものだ。横には徳利《とっくり》とお猪口《ちょこ》もあった。

「わざわざすいません。旅館の方はもう業務時間外じゃないんですか？」

「いえいえ、作家先生ならきっと夜もお仕事が大変だと女将が言《い》いまして」

八重は夜食を座卓に置いても立ち去らず、そそくさとお茶を淹れてくれた。さすがにいきなり酒を入れたりはしないらしい。

「では、せっかくなのでいただきます」

卓は笑顔を取りつくろって、恭《うやうや》しげにおにぎりを手に取る。女性とふたりきりの個室で食事するのは緊張するが、食べないのも失礼だ。それに八重には緊張を和《やわ》らげるゆるやかな雰囲気がある。

一口かじった。

海苔《のり》と塩味のシンプルなおにぎりが夜の空きっ腹に染み渡る。ウインナーもいっしょに頬張るとますます美味しい。甘めの卵焼きも悪くなかった。

お茶をすすって一息つく。

「美味しいです。敷山さん、ありがとうございます」

「いえいえ、用意したのは娘ですので」

「女将さんが？」

小柄な少女が一所懸命におにぎりを握る姿はさぞ微笑ましいだろう。小さな手を思い浮かべると、おにぎりがますます美味しく思えた。

「お仕事は進みそうですか？」

八重はニコニコと問いかけてくる。

「ええ、それがあまり……」

「やはり……気になるのでしょうか？」

ニコニコしながらも頬がほんのり赤い。

隣の部屋からはいまも艶めかしい声が鳴り響いている。

「ええ、その……ちょっと元気な方が泊まってるようですね」

「離れたお部屋にできればよかったのですが、事前にこういったお声をあげる方々とは思いもよらず、荻名先生にはご迷惑をおかけします」

八重は苦笑いをしながら、徳利をそっと持ちあげた。

「初日ですから、一杯いかがです？」

香ばしい日本酒の香りが鼻腔をくすぐる。

どうせ仕事も進んでいない。卓は頭をかいて会釈した。

「では、軽く一杯だけ」


卓も人並みには酒を飲む。

さほど強くもないが、下戸《げこ》というわけでもない。

ただ、アルコールが回ってくれば口も滑りやすくなる。

「……だから、人間が書けてないっていうのは、なんとなく気に入らないって意味なんですよ。具体性のない難癖《なんくせ》なんですよ」

「そうなんですねぇ。人付き合いでも、個人的に合わないというだけなのに、理屈をつけて相手を否定しようという方がいますが、似たような事情でしょうか？」

「おそらくそうです。だから気にする必要はないんです」

旅館の仲居に管《くだ》を巻くのはみっともないが、舌がまわって止まらない。

「ただ、俺の場合は」

ぐいっとお猪口を空にした。徳利も空《から》だ。顔も体も熱い。汗ばんでいる。

「実際、女性に関しては生々しいものが書けてないかもしれません」

「まあ……そうなんですか？」

「女性の知人がすくないし、家族で女性は母だけだったので」

「恋人はいらっしゃらないんですか？」

「いません。ぜんぜんいません。だからこんな声に惑わされるんです」

隣室の声はなお盛んである。

おにぎりも卵焼きもウインナーもなくなった。

「だから書けないんです。孤独な人間でも書けるのが小説の魅力だと思ってたけど、本当に孤独だと人間が書けなくなるんです」

自虐的な言葉がすらすらと出てくる。思った以上に酔ってしまった。

大きくため息をつくと、八重が肩を優しく叩いてくれた。

「わたくしは小説のことはわかりませんけど、荻名先生はもっと自信をつけたほうがよいことはわかります」

「ですよね。自信って、どうやってつければいいのかな……」

「先生のお話を聞くかぎり女性経験ですよね」

「たしかに、一番批判されるのは女性描写ですからね」

八重は頬に手の平を当てると、意味ありげに微笑した。

「でしたら、スキンシップに慣れていくところからにしませんか？」

「はあ……？」

卓の頭には酒がまわっていて言葉の意味がわからない。判断力もない。

言われるままに部屋から押し出された。

階段を降りて向かう先は露天風呂。

四季宿あおいには大きく分けて三つの露天風呂がある。清掃時以外常時開放の男湯と女湯、そして予約制の家族風呂だ。

卓が連れてこられたのは家族風呂である。

八重は使用中の札をかけて、更衣室に卓を引っ張りこんだ。

「予約時間外は従業員用なんです」

「俺のために貸切にしてくれるということですか？」

「ええ、お背中流させていただきます」

八重はその場で背を向けた。見ないから脱いでください、ということだろう。

普段の卓なら萎縮して逃げ出すところだろう。が、いまは酒の力がある。

美女に背中を流してもらえる機会なんて滅多にない。

「じゃあ失礼して……」

服を脱ぎ、脱衣籠に入れ、引き戸を開いて浴場に踏みこんだ。まだ屋内の洗い場である。シャワーと蛇口が二つ並んでいて、木桶が逆さに積まれている。

そこにきて卓の足が止まった。

どうしよう、と戸惑う。背中を流してもらうということは、体を見られてしまうということだ。気恥ずかしさのあまり股を隠して肩を縮める。

「お待たせしました。どうぞお座りください」

「あ、はい。お世話になります」

さらに縮こまって座り、うつむき加減になる。

「頭、失礼しますね」

「いえ、髪は自分で洗えますので」

「ご遠慮なさらず、はい、熱いのいきますね」

シャワーを浴びせられた。熱いしぶきに頭皮が粟立《あわだ》つ。てっきり背中だけと思っていたので困惑してしまう。

が、頭に触れられると異論を述べる気も失せる。髪を湯で洗う優しい手つきに自然とリラックスしていた。子どもが母親に頭を撫でられたような気分だ。

大きな汚れを落としたあとはシャンプー。揉《も》みほぐすような手つきはやはり優しい。髪は女の命と言うが、小動物を扱《あつか》うがごとき柔らかさだ。卓ならば頭皮ごと汚れをこそぎ落とさんばかりの勢いで擦《こす》るところである。

「流しますね」

シャワーでシャンプーを流された。頭が軽くなった気がする。

「次はトリートメントですね」

「いつもはリンスを使ってるんですけど……」

嘘《うそ》である。見栄である。普段はシャンプーだけで終わらせている。

「すこし髪が傷《いた》んでるのでトリートメントで癒《い》やしてあげましょう」

八重は卓の髪に白い粘液を揉みこみ、馴染ませていく。

湯で流すときも撫でるように優しく。

「ただ髪を洗うだけなのに男と女でここまで違うものなんですね」

「男の子だって髪は大事にしたほうがよろしいかと。観光協会の会長さんがよく嘆いていらっしゃるから」

おそらくは薄毛であろう会長を思い描いて、卓は小さく笑った。

「よかった。だいぶ肩の力が抜けてますね」

「そうですね……最初はちょっと緊張してましたけど」

「お風呂は気楽にすごしていい場所なので、もっともっと気を抜いてくださいね。次はお背中流します」

「はい、お願いします」

リラックスして呆《ほう》けていると、

「あ、桶いただきますね」

後頭部が柔らかなものに埋もれた。顔の横を腕が通って、蛇口から湯を注《そそ》いだ桶を手元に持っていく。柔らかなものが、離れた。

布一枚越しに、特大のマシュマロのようなものが触れたのを感じた。

もしや、と思って正面の鏡を見る。いままでは緊張と頭を洗われていたことで気付かなかったが、自分の背後に肌色が見える。

全身がむっちりと肉付いた人妻の裸身が、卓の陰に隠れている。部分的にしか見えなくとも、八重が服を着ていないことはわかった。おそらくはタオルを胴に巻いている。

「お背中ゴシゴシしますね」

「はい」

返事はまた硬くなっていた。

股間も硬くなる。

ほぼ裸の美人仲居と風呂場でふたり。男として興奮しないはずもなかった。

背中をタオルでこする手つきは、いままでより力が入っている。一日の汗と汚れを擦り落とす心地よい摩擦感である。

背中の次は腕。

そして腋《わき》から手を回して胸に。

「あ」

卓は背中いっぱいに女の柔らかさを感じた。八重が後ろから抱きつく体勢だ。

「ごめんなさい、前はこうしないとできませんから」

八重のおっとり口調は変わらない。平然と胸板にタオルを擦りつけ、ふいに小さくくすりと笑う。

「荻名先生、案外たくましいお体なんですね」

「暇なとき筋トレしてるから……」

仕事が進まないと脈絡《みやくらく》もなく筋肉を鍛《きた》えてしまう。ただの逃避とはいえ、成果として筋肉はしっかりついた。胸板は厚みがあり、腹筋もくっきり割れている。

ボディビルじみた筋肉太りではないが、細マッチョと言うほどスリムでもない。それでも女性的な体つきの八重とくらべれば、鉄塊とプリンのように対照的だ。

「なんだかすこし、照れくさいですね。こんなに男らしいなんて……」

八重の吐息を背に浴びて、卓は背に甘美な鳥肌を立てた。そちらに意識を持っていかれたから、次の刺激は目が飛び出るほどの衝撃となる。

「あら」

「あっ……！」

陰茎に八重の手の甲がかすめ、卓の体が小さく跳ねた。腹を擦っていた八重の手に当たるほどに膨張《ぼうちょう》していたのだ。

「ご、ごめんなさい、仲居さん。わざとじゃなくて……！」

「いえいえ、わたくしこそ気付かずに申し訳ございません」

八重は丁重に謝りながらも、体を傾けて卓の横から正面の鏡を覗《のぞ》きこんでいた。正確には、鏡に映った卓の股間を。

「み、見ないでください……！」

「そんな、いえいえ、まあまあ、先生ったらとってもご立派」

サイズは中高生のころから中の上程度だったが、体を鍛えて勃起力《ぼっきりょく》があがった。膨張率もあがり、血管が浮き出るようになった。いまでは使い道もないのに巨根の風格が漂《ただよ》ってすらいる。

「ご立派なものも洗わないとダメですね」

「洗っちゃうんですか」

「汚れる場所でしょうから」

八重の手に躊躇《ちゅうちょ》はない。ボディソープを泡立てると、逸物《いちもつ》を両手で握りしめた。

ほへ、と間の抜けた声で卓は鳴く。

ぬちゅ、ぬちゅ、と白い十指が上下する。

「まあ、まあ、太いし熱いし硬いし、こんなに男らしいのに……先生、女性経験はないんでしたよね？」

「え、ええ、ありません」

「こんなものを持っていて使わないなんて、本当に奥手《おくて》なんですね」

語り口は微笑ましげなのに、ペニス洗いの動きはひどく粘着質だった。左手は根元からカリ下までゆっくり上下する。右手は亀頭を柔らかに包みこみ、手首をねじってソープを粘膜に馴染ませる。

「あっ、あの、これは……うっ！」

オナニーとはまるで感覚が違った。自分でするときは気持ちいい場所が無条件でわかるし、ほぼ無意識でいじる。一方、八重は快感ポイントを探りつつもペニス全体を刺激して、血流を促進《そくしん》させ、感度を上昇させていた。

「おち×ちんもきれいきれいにしましょうね、荻名先生」

子どもをあやすように言いながらも、刻々と卓を追い詰めていく。

「こ、これ以上は……！」

海綿体が脈打って尿道が痺《しび》れる。射精寸前だった。

「はい、流しますね」

一転、八重はなにもなかったように手を離した。

「脚はご自分でお願いできますか？」

「あ、はい。わかりました」

落胆と安堵が卓の胸に去来《きょらい》した。ちょっと過激ではあったが、あくまで体を洗うだけのサービスでしかない。きっとそういうものだと自分を無理やり納得させる。

かと思えば、となりの風呂椅子に八重が座った。

「わたくしも一日の汚れを落とさせていただきますね」

彼女はやはりバスタオルで胸から股下まで覆い隠していた。それでも胸尻腿《むねしりもも》の豊かな実り具合は隠しきれない。むしろ半端《はんぱ》に隠すせいで淫靡《いんび》な空気すら漂う。

卓は自分の脚を洗いながら、横目に彼女をちらちら見た。

長い髪を洗う姿はいかにも女性的で、絵画のような美しさを感じる。ただ美しいだけではない。熟した女のむっちりした肉付きからねっとりした芳香が漂う。女、というよりも、メスの匂いだろうか。

股間がますます熱くなる。

「俺、湯に浸《つ》かってきます！」

慌てて体を洗い、洗い場から逃げだした。

ドアを開けると石垣と竹の仕切りで囲まれた石造りの露天風呂だった。野外の風が冷たくて、湯気の立ちのぼる風呂にどうしようもなく心惹《こころひ》かれる。

卓は白濁《はくだく》した湯に浸かった。

かなりの高熱を想定していたが、案外入りやすい温度だ。それでも蛇口から出る湯とは質が違い、熱が骨の髄《ずい》まで染みこんでくる。

「いいお湯だ」

温泉旅行を趣味にしている人間の気持ちがすこしわかった。

問題は、湯に若干のとろみがあるような感覚だ。成分が特殊なのか、とくに股間にまとわりついてくるような気がする。海綿体の充血がおさまらない。

「湯加減はいかがですか？」

しかも八重が洗い場から現れた。

バスタオルでなく、普通のタオル一枚だ。

熟乳のほぼ先端から股間までを隠すだけで、ほかの部位は剝《む》き出しである。ほんのり頰を染めながら、気後《きおく》れすることなく卓のとなりに入ってきた。

「お湯加減、お気に召しませんか？」

質問をくり返され、卓は自分が呆けたまま彼女を凝視していることに気付く。

「いい湯加減です、気持ちいいです」

「そうですか。よかったぁ。じゃあ、もっと血行がよくなることをして、もっと気持ちよくなってしまいましょうか」

「はい？」

視界が肌色に埋めつくされた。

たっぷり盛りあがり、自重でほんのり緩《ゆる》んだ特大の乳房。

乳輪と乳頭も丸見えだ。いつの間にかタオルが消えている。

「せっかくですもの、女性に慣れてみましょう」

八重は啞然としている卓の脚をまたぎ、頭を撫でた。そのわずかな身動きでゆったりと揺れる肉房に、男根が自然と硬度を増す。

「わたくしの胸、大きいでしょう」

「はい……すごく」

スイカのように実った柔肉は湯で温まってほんのり赤い。

「ご自由にしてくださいませ」

「ご、ご自由に……？」

「どうぞ。特別サービスです」

あきらかにサービス過剰だが、男として抗《あらが》える状況でなかった。

卓は震える手で乳肉をつかむ。手の平が余るほどの肉の海に指が沈んだ。押し返す力は搗きたての餅のように微弱で、脆《もろ》く形が崩れてしまう。女性のなよやかさを象徴するような柔らかみが、男の本能を魅了する。

左右の手が勝手に熟乳を揉みしだいた。

「まあ、んっ、先生ったら女性経験がないなんて言っておいて、とってもお上手です……ふぅ、んっ、はぁ……ステキ……」

「そ、そうですか？　痛くないですか？」

「はい……手つきが強すぎなくて、先生の優しさを感じます」

強く揉んでも痛がる女性が多いという知識は卓にもある。あくまでゆっくり、じっくり、肉質を全体的に確かめるように、やんわり揉みこんでいた。

「でも、わたくしはもっと乱暴でも平気ですよ」

「そうなんですか？」

「慣れています。バツイチですけど結婚はしていましたので」

許可をもらえると俄然やる気が出た。どうせなら力いっぱい揉みたい。男の力で女を味わいつくしたいと卓のなかの獣が言っている。

揉み潰した。

形が大きく崩れるほど激しく。指と指のあいだから柔肉がぷっくりはみ出す。

「あっ……あんッ、はあっ……！」

八重の声が高くなる。むしろ強い刺激を求めていたかのように。

徹底《いと》して揉み潰しながら、卓は昂揚《こうよう》を止められない。はじめて触れる女の柔らかさが愛しくてたまらない。愛しいものをめちゃくちゃにしたいと思う。矛盾した衝動の走狗《そうく》となって女体を求めていく。

皮下脂肪の塊だけではない。目の前には赤い尖りがあった。揉めば揉むほど充血して硬くなる乳首。最初は小指の先ほどであったが、中指の先ほどまで肥大化している。乳輪もぷっくり膨《ふく》らんでいた。パフィーニップルというやつだ。

しゃぶりついた。

「はあッ……！」

揉みながらちゅーちゅーと吸うと、ほんのり汗でしょっぱい。

舌で転がす。心地よい硬さながら付け根が柔軟で右へ左へ折れてくれた。

軽く歯を立てる。八重の体が大きく震えた。

「あんんッ……！　ダメっ……！」

思わずゴメンナサイと弱気を吐き出しそうになったが、ぐっと堪《こら》える。八重の声は甘ったるくて、本気で嫌がっているとは思えない。

何度も歯を立てながら、他方の乳首も指で強めにつまんでみた。

「ぁあああッ……！　先生、ああんッ、いけないひと……！」

八重の体は震えながら落ちていく。卓が理解するより先に、湯のなかで亀頭にぬちゅりと粘着質なものが触れた。

「はんッ！」

「あっ、仲居さんっ……！」

「はい……うふふ、このままだと入っちゃいますね」

彼女が自身の頬に手を当てる仕草はたおやかだが、浮かべる笑みは淫蕩《いんとう》だった。女性経験がない卓でも、蠱惑《こわく》の表情だということはわかる。

「わたくしの体で一人前の男になってくださいね」

八重は重心をさらに落とす。腰をくねらせるだけで狙いを定め、秘裂で亀頭を飲みこんでいく。濡れそぼって柔らかい肉穴が男根を揉みこむ。

「うわっ、ああ……！　お湯より熱い……！」

実際に湯より体内温度が高いはずがない。おそらくは粘膜同士で接触しているから熱の伝導率が違うのだ、と卓は必死で冷静さを振り絞る。でなければ、あまりの快感に射精してしまいそうだった。

「ぁあん、大きぃ……！　やっぱり先生、とってもたくましいものをお持ちなのですね……洗い場でものすごかったですし」

「そ、そうなんでしょうか……！」

「はい……！　最初は本当に背中を流していっしょにお湯に入るだけのつもりだったのに、あんなものを見せられたら女はみんなうずいてしまいます……！」

言いながらも八重の尻が下がっていく。大きな尻だ。ペニスを通じてその重みを卓は感じているような気がした。

重たい尻肉が卓の股に密着した。根元までの結合が完了した。

「すごいぃ、一番奥まで当たります……！」

八重は歓喜に胴震いをした。全身が律動し、乳房が揺れ、膣内に小刻みな震動が走る。童貞喪失したばかりの若い男を揉み潰すように。

「くうぅ……！　ダ、ダメだぁ……！」

ペニスに稲妻が走った。根元から先端へ向けて強烈な快感電流が突き抜けたかと思えば、次の瞬間には卓の頭が白くなる。

「あら、あんッ、はあ……うふふ、出ちゃいましたね」

言い訳のしようもなく射精してしまった。

腰が溶けるほどの快楽を、八重のなかで果たしてしまった。

「ご、ごめんなさい、うっ、くっ、止まらない……！」

「いいんですよ、いっぱいびゅーびゅーしましょうね、よしよし」

八重は卓の頭を撫で、額や頬にキスをくり返した。幼児を慰めるような扱いは成人男性として屈辱だが、それ以上に心が安らぐ。精液とともにちっぽけなプライドも排出されたのかもしれない。

卓は彼女の胸に顔を埋め、みずから腰を押しあげた。どうせなら彼女に優しく癒《い》やされながら最後の一滴《いってき》まで注ぎたい。

「ん、んっ、んんっ……染みこんできます、先生の精子」

しばらく抱きあい、腰を擦りつけあった。

射精が止まると八重が耳元でささやく。

「先生、いっしょに腰を上げていただけますか？　このままだとあふれ出して、お湯が汚れてしまいますので」

「あ、はい……すいません」

「謝らなくてもいいんですよ。せーの」

ふたりは結合が解けないよう注意して腰を上げた。風呂の縁《ふち》の石に卓が腰を下ろすと、八重がゆっくりと尻を持ちあげていく。

「あっ、ああああッ……！」

「ごめんなさいね、イッたばかりで敏感なのに……んっ」

結合が解けた。たちまち彼女の股からぶぴぶぴと下品な音を立てて白濁液が噴き出す。それらが狙い澄ませたかのように男根に降り注ぐ。

「こんなにいっぱい……若くて元気いっぱいですのね」

「すいません、ほんと気持ちよすぎて……」

「嬉しいです……こんなおばさんでそんなに悦《よろこ》んでもらえるなんて」

粘液の漏出《ろうしゅつ》は止まっても両者の性器は糸で繋《つな》がっていた。八重はそれを指ですくって千切り、あろうことか自分の口に運ぶ。

ちゅるりとすすって、おっとり笑った。

「せっかく洗ったのに汚してしまってごめんなさい。すぐにお掃除しますね」

肉々しい豊尻がふたたび湯に沈み、彼女は前屈みになる。重力に引かれた双乳がだらりと垂れ下がり、それもまた湯に浸かった。

おっとり笑顔は卓の股ぐらへと降りていく。

濁液まみれの肉棒にためらいもなく赤い舌が絡《から》みついた。

「あっ、仲居さん……！」

卓は大袈裟なほど身を震わせた。生まれてはじめてのフェラチオはくすぐったくて、腰が浮きそうな感覚である。

「ちゅくちゅくッ、れろぉ……ちゅっ、ぢゅるッ」

ときおりキスをして、まとわりついた肉汁をすすり取る。水音が鳴るたびに精液や唾液《だえき》が震えてペニス全体にかすかな掻痒感《そうようかん》が走った。膣への挿入ほど強い刺激ではないが、若々しい猛りを再起させるには充分である。

「うふふ、もうこんなに硬くなってる……ちゅぼッ」

紅色の唇が男根をくわえこんだ。

ぢゅぞぞぞ、と音を立てて吸いながら口内で亀頭をなめまわす。

「あっ、あぁッ、気持ちいいッ……！」

膣とは違って積極的に動きまわる粘膜に卓の腰は痺れあがった。

サービスはそれで終わらない。彼女は卓の手を取り、自分の胸に導いた。好きに触っていいということだろう。

卓は揉んだ。

両手で両乳を何度も何度も揉みしだく。

女の柔らかみを感じると、ペニスが芯から硬くなる。

それを八重がさも美味しそうにしゃぶっていた。

「ちゅっちゅっ、ぢゅるるぅ……そろそろさきほどのサービスを再開してもよろしいでしょうか？」

「さ、さきほどのと言うと……」

八重は答えず、唇をきゅっと締めて息を吸った。口内が真空になり頬裏がペニスに張りつく。そして、ゆっくりと顔が持ちあがっていく。ペニスいっぱいの粘っこい摩擦感に卓は顎をあげて感じ入った。

「あぁぁあっ……！　口のなか、すっごい……！」

「んぢゅぢゅぅうう……ッぱ！　ふふ、ご馳走さまでした」

ごくりと彼女の喉《のど》が鳴った。精液を飲んだのだ。

屹立《きつりつ》した男根にまとわりついているのは透明な唾液だけとなった。

その真上に、ふたたび濡れそぼった縦付きの秘唇が迫る。ただし今度は卓と向きあう形でなく、背と尻を向ける形だった。

自分の腿に手をついて前屈みになる姿勢。

男にすべてを捧げる体勢。

「今度は荻名先生からしてくださいません？」

「お、俺から……？」

「ええ、せっかくですので。これも良い経験だと思って」

経験——とりわけ女性経験が卓には足りない。だから女性キャラクターの描写が薄いだの漫画的で軽いだのと言われてきた。

なら、生の女性を肌身で感じるのが一番だ。

受け身なだけでなく、自分からも攻めなければ。

そう自分に言い聞かせて奮起した。

「い、いきます……！」

「はい、どうぞ。わたくしをお好きに使ってくださいまし」

まるで自分を道具に貶《おとし》めるようなことを言う熟女に興奮する。

卓は彼女のむっちりした腰をつかんだ。肉のボリュームはあるが太っている印象ではない。男目線で抱き心地のいい絶妙な肉付きだ。

亀頭を秘裂に押しつけながら、ゆっくりと腰を引き寄せる。腰尻の肉感と重さを手と竿先に感じる一方、竿先に感じる膣口は柔らかにほぐれていた。すこし力を入れればぬるりと入る。奥へ奥へ、入っていく。

「あっ、あぁあああッ……！　後ろから、ぁあああッ……！」

八重の声がさきほどより2オクターブほど高い。

膣内も熱いし、内部の襞粒《ひだつぶ》構造がざわついていた。

「後ろからされるのがお好きなんですか……？」

「わたくし思いますに、女は大なり小なりMなんです。だって硬いものを突き刺されて気持ちよくなるようにできているんですよ？」

被虐趣味であれば、抗うことを許されない後背位に興奮するのも道理。

卓は深呼吸をして意を決した。

あえて残酷な言葉を選ぶ。

「犯しますよ、八重さん」

「はい……！　わたくしのはしたない穴を犯してくださいっ……！」

きゅっと窄《すぼ》まる肉口へと、卓は腰を叩きつけた。

「あああッ！」

八重が腰から震えあがって乳肉を揺らした。やはりさきほどより反応が良い。

自分の判断が間違っていなかったとわかって、卓の気分もよくなる。

「こうですか、八重さん！」

何度も突いた。

テンポよく、力強く、容赦なく。

童貞として溜めこんできた性欲をすべて叩きつけるようにして。

男の勢いを受け止めるのは、柔らかくもたわわな中年女の肉付きである。

「あんっ、あんッ、あーッ、ぁあーッ！」

八重は高い声をあげてよがり狂っていた。おっとりしていた彼女からは考えられないほど乱れている。やはり性根にMっ気があるのかもしれない。

「もっと、もっと……！」

卓は自分がなにを言っているのか理解できていない。もっと激しくしたいのか、もっと気持ちよくなりたいのか、もっとよがらせたいのか。

そんなもどかしさすら駆動力に変えて腰を動かす。

パンパンパンと肉打つ音と、パチャパチャと湯が弾ける音が入り交じる。

「はあッ、ああんッ、あんッ！　ぁあああッ……奥突かれるの好きです……！」

「ここですか！　こうですか！」

「ぁああああッ！　そうっ、そうなのぉ……！　そんなふうにされちゃうと狂ってしまいますッ、んんんんッ！」

八重の嬌声が高まりに高まっていく。

突きこみの激しさに引きずられるように、ふたりは湯のなかを漸進《ぜんしん》した。対岸につくと、八重が風呂の縁に盛りあがった石に抱きついて白い背をわななかせる。

「ぁああぁッ、ひさしぶりでこんなセックス、すごすぎますぅ！」

「逃げられないところまで追いこまれて犯されるのがいいんですね」

「そうっ、そうなんですッ！　んあッ、はああッ……！　すっごく犯されてる感じがして、お腹から熱くなってしまいますっ、んぁああぁッ！」

熟女の白いうなじが赤く染まっていた。

卓は指をすこし滑らせ、腰から尻への広がりへと手を引っかけた。柔肉に爪を立て、後方に倒れるようにして引っ張りながら、逸物を突きあげた。

ずぱんっ、と派手に音が鳴った。

ずぱんずぱんっ、と最奥を徹底して連打した。

「あぐッ、ぉああぁッ！　子宮ダメになっちゃいますっ！」

「ダメになってください……！　俺に犯されて子宮まで堕《お》ちてください！」

「ひぁああッ……！　先生っ、荻名先生ッ、いけないっ、ダメですッ、わたくしもう耐えられませんッ……！　本当に堕ちてしまいますっ！」

膣内がにわかに騒然とした。

たぶん彼女はイキそうになっている。

知識だけで卓はそう判断してラストスパートをかけた。

「イッて、八重さんッ！　俺ももうイクから！」

快楽に痺れた亀頭と子宮口がぶつかり、性感電流が荒れ狂う。

「あはぁあッ、んんんんッ！　イキますッ！　イカないとおかしくなってしまいますぅ……！　だから先生っ、熱くて気持ちいいの、いっぱい中にくださいぃ！」

美しいうなじ。湯で赤らんだ肌。巨乳と巨尻。

眼下で震える熟女の姿が艶めかしく、いとおしくて、卓は爆発した。

「イケッ、いけいけいけッ、犯されてイケッ……八重ッ！」

最後のひと突きの瞬間、呼び捨てにした。

双方ともに限界だった。

「ぁあああッ、イクぅううううぅぅううッ！」

高らかに鳴く美人仲居の胎内へと、至福の白汁が注ぎこまれる。

石を引っかくようにしてオルガスムスに震える熟女。石に押しつけられて潰れた巨乳。痙攣《けいれん》しっぱなしの肉尻。そしてペニスを揉み潰そうとする膣肉。

すべてが感動的なほど官能的で、いくら射精しても衰えない。
卓の人生はこのとき塗《ぬ》り替えられた。

第二章　淫猥人妻の誘惑

トラブル続きの一日だった。

まだ日が高いうちに山道を歩いていると、ナイフが振り下ろされたのだ。

凶刃の閃きに死を感じた。

遡《さかのぼ》れば、またまた執筆に詰まったのが発端である。

八重と肌を重ねて一人前の男になり、翌日からは人間描写も奥深くなった——というようなこともない。むしろめくるめく快楽を思い出して悶々と過ごしてしまった。

気分転換にロビー備え付けのマッサージチェアを試そうと思い、普段着に着替える。

部屋を出ると、同時に隣室の客も出てきた。

飾り気の強い女性だった。ゆるやかに波打つベージュ色の長い髪。豊かなバストを誇示するように開いた上着に、長い脚を自慢するようなミニスカート。化粧やアクセサリも派手。葵から隣は夫婦だと聞いていたが、人妻というよりは夜の街を遊びまわる未婚の女という出《い》で立ちである。

目が合うと言葉もなく得意気な笑顔を向けてきた。「こんな美人と目があうなんて嬉しいでしょう？」となんの疑問もなく信じている態度だった。

美人ではあるが、奥ゆかしい八重とは正反対に圧が強い。

「どうも」

卓は小さく会釈し、逃げるように階段を降りると、玄関から外に出た。

財布を持ってくるのを忘れたので、ただブラブラと歩く。

旅館の建ち並ぶ表通りから脇に逸れ、山道に入った。ほんのり秋色に染まりはじめた木々を目で楽しんでいると、凶刃一閃。

目の前の地面にナイフが突き刺さったのである。

刃が大きく分厚い。指ぐらいは簡単に落とせる質感だった。

「ごめんなさい！　すっぽ抜けてしまって！」

木々の合間から女が飛び出してきて、深々と頭を下げた。

すぐにナイフを拾って、また頭を下げる。

「怪我はない？」

いかにもキャンパーという風情の女性だった。サファリハットにマウンテンパーカー、余裕のあるジャージズボン。さきほどの人妻と違って肌はおろか体のラインをまったく出さない服装《ふくそう》だった。色気を押し出す気配はないが、顔立ちは若々しい。卓よりいくらか年上ぐらいだろうか。

「は、はい、平気です……」

卓は平静を装《よそお》おうとしながらも、声がかすかに上擦《うわず》っていた。

「そう……よかった。ちょっと薪《まき》を削ろうとしていて……」

「フェザースティックでも作ってたんですか？」

「そう、明るいうちに焚《た》き火の用意をしたかったから。詳しいのね？」

適当に会話をつないだのだが大当たりだったらしい。フェザースティックは木の枝などを表面から薄く削り、羽のように毛羽立てたものだ。火起こしに使えるので一部キャンパーが手作りすると聞いたことがある。

「お詫びにコーヒーでも出すわ。どうぞこちらに」

「はあ、ではお邪魔します」

ナイフに圧倒されたせいか断れなかった。

山道を出て、獣道ですらない山中に入っていく。

緑の茂みと自然の段差で歩きにくいが、じきにすこし開けた場所に出た。

木の枝と葉を使ったシェルターがあった。枝を骨組みに、葉を重ねて屋根にしたものだ。市販のテントと違って最低限の雨よけにしかなりそうにない。

「ブッシュクラフトがお好きなんですか？」

「ええ、時間を忘れられるから」

「正直、こういうのはじめて見ました」

例のごとく卓はただ知識として知っているにすぎない。

ブッシュクラフトはアウトドアレジャーの一種である。持ちこめる文明の利器は最低限。かわりに自然で手に入るものを最大限活用する。キャンプは大なり小なり不便さを楽しむものだが、その極致と言ってもいい。

「待っててね、いま火をおこすから」

彼女はシェルターに並べられた数本のフェザースティックのひとつをつかんだ。どうやら作っていたのは予備らしい。

フェザースティックにポケットから取り出した糸くずを振りかける。その間近で、メタルマッチにナイフの峰を擦りつける。火花が飛んで葉と羽根に燃え移り、火種ができた。あとは手際よく焚き火に投入。

既製品らしき焚き火台のうえに炎が揺れた。

次はケトルにペットボトルの水を注ぐ。直火《じかび》で温めているあいだに小型のミルでコーヒー豆を挽《ひ》き、ドリッパーの準備。

「ブッシュクラフトでも既製品をけっこう使うんですね」

「インスタントコーヒーで済ませるなら道具も減らせるんだけどね。私はコーヒーにはこだわりたいほうだから」

やがてコーヒーを淹れたキャンプ用マグカップが手渡された。

「どうぞ」

自宅でコーヒーを淹れるよりずっと時間がかかった。

退屈しなかったのは物珍しさと見事な手つきのおかげだ。職人芸に見とれる気分である。やや切れ長な目つきと冷静な横顔にも見とれたのかもしれない。

意志の強そうな顔立ちは紛《まぎ》れもなく美貌と呼ぶべきものだった。

(そういえば、名前も聞いてなかった)

大自然のただ中では名前を聞くのも無粋《ぶすい》かもしれない。

「いただきます」

心からの感謝を口にして、熱いコーヒーをブラックで一口。

苦味と酸味が熱に乗って口から全身に染み渡る。

おいしい、と言おうと思った。

言葉にならなかったのは、がさがさと背後で茂みが揺れたからだ。鹿か猪か、はたまた熊か。ふたりで視線をそちらに向ける。

憤怒《ふんぬ》の形相が飛び出してきた。

「こら！　なんてとこで火つけてんだ！　私有地だぞ！」

白髪の老人が顔を真っ赤にしていた。


怒濤《どとう》の勢いで説教された。

当然のことだが、私有地で許可を取らずにキャンプするのは厳禁である。

「ごめんなさい、つい、ものの弾《はず》みで」

彼女は素直に謝った。石川明奈《いしかわあきな》と本名まで告げて平謝りである。確かに短慮としか言いようがなく、言い訳のしようもない。

とはいえ、低頭の美女に老人もほだされたか、渋面ながら語気が和らぐ。

「とりあえずね、今日はちゃんとしたところに泊まりなさい。べつにお金がなくてこんなことしてるわけじゃないんだろう？」

「ええ、持ち物がすくないのは本当に趣味なので」

「あおいさんに連絡しとくから。にいちゃん、案内してやってよ」

「あ、はい」

卓は勢いで首肯し、明奈を四季宿あおいに案内した。

「なんだかご迷惑をかけてしまって本当にごめんなさい。このお詫びはかならず」

「いえ、コーヒーおいしかったですし、貴重な体験ができました」

本心である。インドア派の卓としてはトラブル自体が物珍しくはある。自分が責任を問われる立場になかったので気も楽だ。

強いて言えば、宿泊先をあの老人に知られていることは気になった。

その答えは若女将の葵から知らされた。

彼女はまず客を連れてきてくれたことに感謝し、次に深々と頭を下げる。

「荻名さま申し訳ございません。あの方は観光協会の会長さんで、悪い人じゃないんですが、各宿のお客さまの出入りを把握したがって……いつもこの辺りを見回って、チェックしているんです。ご不満があれば宿泊料を全額返却いたします！　べつの旅館もご紹介いたします！」

「い、いいえ、そこまでしてもらわなくても大丈夫です。泊まってる場所を知られたぐらいで困りませんし……」

とくに大ごとにする気はなかった。ほかの宿に移る気も当然ない。四季宿あおいの空気は気に入っている。

「じゃあ夕食にビール一本つけてもらうとかどう？」

明奈が面白半分に言った。すでに悄然《しょうぜん》とした態度は消えている。

卓は辞退しかけたが、とっさに言い換えた。

「一本だけ冷蔵庫に入れていただければ……風呂上がりに飲みたくなることもあると思うので」

「では滞在中はサービスでビール一本おつけしますね」

これにて手打ちとなった。

「じゃあ荻名さん、また夕食のときにでも」

明奈は小さく会釈した。

また美人と仲良くなれたのかもしれない。卓の鼓動はかすかに高鳴った。

夜、食堂で明奈と向きあって食事をした。

話題はブッシュクラフトや最近読んだ小説について。

とくに小説の好みは近く、たがいにサスペンスをよく読んでいた。それでいて微妙にズレがある。明奈は事実を元にした社会派サスペンスを好んでいた。卓も読んではいるが基本は娯楽として楽しんでいる。対して明奈は小説を読みこみながら元ネタに関する情報も調べる、知識重視の傾向が強かった。

「小説って絵空事だからこそ現実を踏まえる姿勢が重要だと思ってます」

「なるほど……一理ありますね。たしかに俺も」

女性経験がなかったから女性描写が薄かったのかも、と言いかけて止める。自分が作家であることを告げる気はない。

「実際に知って、体験してからじゃないと、書くのは恐いかもですね」

「そうですよ。たとえばほら、最近映画化されてる作家いるじゃないですか。あ、名字がいっしょですよね。荻名卓っていう。あのひとの作品、読んだら笑っちゃいますよ。話の筋は面白いのに、出てくる女がみんな浮いてるの。たぶんあの作家、男友だちしかいないオタクとかじゃないかな」

ひどい偏見だし勘違いだ。本当は男友だちもすくない。

「いやあ、ははは」

卓は顔を引きつらせながらも笑って誤魔化した。

食後、部屋で突っ伏した。明奈の悪意なき言葉が胸に刺さって苦しい。

仕事に取りかかる気も失せていると、入り口の引き戸が開かれた。

「失礼します、荻名さま。お加減いかがでしょう？」

八重だった。

「お加減あまりよくないようですね」

「わかりますか……？」

「石川さまとのお話が聞こえてきましたので」

八重は近寄ってきたかと思えば、卓の頭を膝に乗せて髪を撫でてきた。

「ごめんなさい、勝手なことをしてしまって」

「いえ、気持ちいいです……」

客と従業員の距離感ではないが、美人に気遣われるのは嬉しい。たがいに体で結ばれて気持ちが近づいたのかもしれない。

ただ、性的な興奮よりも安心感が強い。

母に甘えていた子どものころを思い出す。

「作家の方は大変ですね。知名度があがったら口さがない人も増えるでしょうし」

「ですね……読者の数が増えると合わない人が増えるのは当然ですし」

批判が増えたからと言って、作品の質が下がったとは限らない。あくまで目につきやすくなっただけだと、頭ではわかっている。わかってはいるが批判ひとつひとつが心に刺さって抜き取れない。

「では、また触ってみますか」

見あげれば視界が半分ほども山なりの肉付きで塞がれている。

かすかな腰の動きでゆったり揺れる乳肉を、卓はためらいなく揉んだ。

「八重さん、柔らかいです」

「先生の手つきも優しくてステキです……んっ、あぁ……！」

下から揉んでいるせいか先日より重たい気がした。ずっしりして揉み甲斐がある。

卓はすこしずつ手に力を込めていく。彼女の性感神経をじわじわと炙《あぶ》るように。ときおり服越しに先端をカリカリと引っかくことも忘れなかった。

「ああっ、その引っかくのは、ぁあんっ」

「好き、ですよね？」

「はいぃ……んんんッ、んーッ」

爪で引っかく愛撫は先日たまたま知った。服越しであれば乳首に傷をつけることもない。むずがゆくも鮮烈な刺激だけが貫通する。

八重は乳尻をよじらせ、甘い吐息を何度もこぼした。

母性的に膝枕をしてきた女が指先だけでメスになっている。

さらには背筋を反《そ》らして身震いをした。

「はっ、あぁぁ……！　ごめんなさい、すこしイッてしまいました……！」

「男冥利《みょうり》に尽きます」

本心である。女をイカせるたびに男の自尊心が満たされる。

おなじように、女にとっても男をイカせるプライドがあるのだろう。

「次は先生が気持ちよくなる番ですね」

八重は和服の襟《えり》を大きく開いてたわわな胸を露《あら》わにした。

「胸で男の方のものを挟むのを、ぱいずり、と言うのでしたか」

「は、はい……いいんですか？」

「せっかくですもの。試してみましょう」

心なしか悪戯《いたずら》っぽくて少女のような笑顔だった。

膝立ちになり、みずから乳肉を左右に開いて待ち受ける。

応えなければ男が廃《すた》る気がした。卓は立ちあがり、豊かな胸に肉茎を押し当てる。

すかさず挟み潰された。柔らかみに包まれて腰が浮く。

「うっ、これは……！　汗で蒸れてて、気持ちいい……！」

「ふふ、喜んでくださるのですね。よかった」

濡れた肌が吸いつく感触は手とも口とも膣とも違った。

八重は胸に唾液を垂らし、乳間になじませてから、手で熟肉を揺らしだす。

「ううっ、これがパイズリ……！」

股間をさいなむ愉悦《ゆえつ》に卓は喉を反らして感悦した。

粘膜でないので多少は引っかかると思いきや、唾液で存外よく潤滑《じゅんかつ》する。それでいて乳肉の質量と柔らかさ、肌の吸いつきが独特の感触を生み出していた。ペニスの芯まで染みこみ、海綿体に粘りつくような快感だ。

「うふふ、熱くてビクビクしてて、とっても元気……先生の若々しいおち×ぽ、やっぱり素敵です。おばさん、がんばらなきゃって思っちゃう」

八重は乳房を上下に動かしたかと思えば、次に左右へ揺らした。

はたまた互い違いに揺らす。

ぎゅ、ぎゅ、と男根ごと押し潰す。

多彩な責めに逸物は早くも震えだした。

「くっ、うっ、な、慣れてるんですね……！」

「すこしだけ、別れた夫に……でも、あのひとはあまり大きくなかったから。すこし激しくするとすぐに抜けちゃったんです」

股間が気持ちいいばかりか男の優越感までくすぐられる。

昂揚感に頭も熱くなり、腰が弾み出した。

「あっ、突くんですね……！　私を抱いたときみたいに激しく……！」

「ごめんなさいっ、止まらないッ……！」

腰を突き出すたびに下乳を打ち上げる形になった。たっぷりの重みを感じたかと思えば、次の瞬間には跳ね飛ばしている。激しく揺れる双球に興奮が爆発した。

「出るッ……！」

尿道が喜悦に焼け付き、マグマのように熱いものが鈴口から迸《ほとばし》った。

密閉された乳肉の内側を粘液が駆け巡り、乳間からびゅるっと飛び出す。八重の口元まで飛びつき、途切れることなく糸が伸びた。

「まあ、本当に元気……」

嬉しそうに汚れをなめとり、すすりとる。そんな熟女の艶顔《つやがお》に、卓は射精を終えても止まれなくなった。

「八重さん、もっと……やりたいです」

肩を押さえつけ、脚の間に腰を押しつける。

「はい、どうぞ……わたくしも先生ともっと楽しみたいです」

ふたりは獣のように盛《さか》った。

卓の鬱屈《うっくつ》した気持ちは精液といっしょに飛んでいった。


だが、しかし、である。

鬱屈した気持ちは一時的に忘れることができたが、今度は悶々とした。

翌日は朝から八重の肉付いた体を思い出して気分が昂《たか》ぶった。

抱きたい、と思う。

卑猥《ひわい》な妄想ばかりが頭を駆け巡って、キーボードを打つ手が止まる。

この日は八重が忙しいらしく、特別なサービスもない。

「期待しちゃダメだ。そんなことより仕事だ」

などと独りごちるが手は進まない。

気がつくと旅館は静まりかえっていた。

いつの間にか日付が変わっている。

「二ページしか書けなかったじゃないか」

また鬱屈した気持ちになる。余計に書けなくなる。負のループだ。

人間を書けない、女性を書けない、という以前に文章が書けない。永遠に書けないのではないかと思えてきて寒気がする。社会と折り合いをつけるのが苦手で就職もしなかった人間に、ほかの稼ぎ口などあるのだろうか。

コンコン、と入り口のドアが叩かれた。

八重だろうか。だとしたら救い主だ。すくなくとも今の気分は晴れる。

「はい、どうぞ」

「ドアを開けてくださらなあい？」

聞き慣れたおっとり声ではない。すこし呂律《ろれつ》が怪しく、媚《こ》びるような響きがある。

「どなたでしょうか……？」

鍵を開けてしまったのは、すこしでも本業から目を背《そむ》けたかったからだ。

すかさず向こうからドアが開かれた。

「どうもぉ、お邪魔しまあす」

赤ら顔の女がふらつきながら入ってきた。

ゆるやかに波打つベージュ色の長い髪に派手な化粧。隣室の女である。

浴衣《ゆかた》は着崩れて形のよい乳房が覗けている。

「あの、たしか海江田《かいえだ》さん……？」

「鞠子《まりこ》でいいわよぉ。ねえ、お酒ないの、お酒」

「いちおう冷蔵庫に……」

「いただくわよお」

鞠子は問答無用で冷蔵庫を開いて缶ビールを取り出した。

プルタブを開き、口をつけて喉を三回鳴らす。

「はあ、やっぱりビールなんてもう水ね、これだけ酔うと」

「あの……どういうご用件で」

勝手に腰を下ろしてあぐらをかく鞠子に、卓は完全に呑まれていた。

彼女はまた二回、喉を鳴らす。

じとりとした目で睨《ね》めあげてきた。

「あなたねぇ、この宿の壁がそんなに厚くないの知ってる？」

「はあ、それは、まあ」

隣室の海江田夫妻が交わる声はよく聞こえていた。悶々として仕事に手がつかない原因の一端は彼女たちにもある。

なのに彼女は恨みがましく言う。

「楽しそうに女を引っ張り込んで、アンアンよがらせて、なんなの？　自慢？」

「は？　自慢って……？」

めちゃくちゃな難癖に卓は呆然とした。

「わかんのよ、私ぐらいになると。声だけでさあ、これ演技抜きで気持ちよがってるなあって。こっちはすこしでも自分を盛りあげようと必死に声あげてるのに！」

「それは……旦那さんとの行為が……？」

「小さいし早いしヘタなのよ！」

さすがに卓も閉口した。海江田夫妻の部屋とのあいだにある壁を見て冷や汗を流す。

もし旦那に聞こえていたら一大事だ。

「寝てるからいいのよ。お酒も弱いの、あのひと」

鞠子は視線だけで卓の言いたいことを察したらしい。勘《かん》が良いのだろう。

「旦那さんのこと、お好きではないのですか……？」

「愛してるわよ。かわいいし。セックスがヘタクソなところも、お酒に弱いところも。一生いっしょにいてあげたいって思ってる」

「なら……」

「でもセックスがヘタクソだと欲求不満になるのよ！　ていうか、となりで満足そうな声を聞かされて一瞬で欲求不満になったの！」

そんなことを言われても困る。と思っても言い出せないのが荻名卓だった。

「責任取ってよ」

鞠子は前のめりに顔を突き出してきた。

睨《ね》めあげる目つきだが、睫毛《まつげ》がやけに長くて色っぽい。付け睫毛だろうか。鼻が高く筋が通って見えるのも化粧の効果か。頬の赤みは酔いで上気しているためだけでなく、チークの色でもありそうだ。

なによりも、ぽってりと厚い唇。

ややピンク寄りの赤に染まり、グロスの光沢が潤いを演出している。

「フェラうまそうって思ったでしょ？」

また鞠子は視線だけで卓の考えを言い当てた。

片頬を歪《ゆが》める笑みが毒々しくも淫靡な空気を醸《かも》し出す。

「うまいわよ、フェラ。本気でやったら旦那は一分もたないぐらいにね。この唇でぎゆっと締めつけると、それだけで気持ちいいんだから」

卓は生唾《なまつば》を飲んだ。喉仏のうごめきを鞠子の目は見逃さない。

彼女は卓の手をつかんだ。口元に引き寄せ、人差し指をぱくりとくわえる。肉の詰まった唇が吸いつき、熱い粘膜の坩堝《るつぼ》で舌が絡みついた。

「う、わ……！」

「んんぅ……ぢゅ、ぢゅううぅ、ぢゅぱっ、ぢゅぴっ」

ゆっくりと吸いついてきた。舌遣いもゆるやかだ。指の皮膚をくすぐり、焦《じ》らし、男を昂ぶらせる巧みな動き。

ごくん、と白い喉が鳴った。

自分のツバを飲んだのだろうが、露骨な音が卓の脳にまで響く。

「ん……ふふ、どう？　フェラすごいでしょう？」

鞠子は得意気に笑い、挑発的な目をした。

「ほら、ち×ぽ出して。私にしゃぶってほしいんでしょ？」

あまりにも直球だった。

「あ、はい」

卓は勢いでうなずいてしまった。

直後には鞠子が卓の浴衣を開いて逸物を取り出す。驚きの早業だ。

「ほらやっぱり、ものすっごくデカい」

男根を握りしめて目を細める。鞠子の瞳が濡れて揺らめく。舌なめずりをしながら、さっそく手でしごきはじめた。

「うわあ、どんどん大きくなるじゃないの。まだ勃《た》ちきってなかったの？　なんだか悔しいわね、私の指フェラでフルに勃起しなかったなんて」

「なんかすいません……」

「いいわよ、許してあげる。女犯すの得意そうなエグいち×ぽに免《めん》じてね」

桃色にきらめく唇が丸く開かれた。

はむ、と亀頭を挟みこむ。指で感じたのとおなじぷにりと柔らかな感触が、より緻密な喜悦となって海綿体に染みた。

唇の輪は吸いついたまま、すこしずつ降下していく。広がったエラを取りこむときは強く締めつける。感じやすい部分だけに、卓の体が小刻みに震えた。

「あっ、ううぅ……！　か、海江田さんっ……！」

「んーん、んーん」

かぶりを振る鞠子。口内でペニスが振りまわされて卓はよがった。

「あっ、あぁっ……！　鞠子、さん……！」

「んん」

うなずく鞠子。その勢いで厚い唇が亀頭の下まで降りていく。あっという間に根元まで。竿先が行き止まりにぶつかったが、彼女にはむせる気配もない。

「んふっ、ふふぅん……ぢゅぢゅぢゅぢゅぢゅうぅうッ」

「あっ、わっ、うわぁッ……！　すごっ、吸われっ、あぁああ……！」

鞠子はゆっくりと顔をもたげる。

唇が引っ張られて鼻の下が伸びていく。ひどく淫《みだ》らな形相だった。

ペニスにはピンク色の口紅が付着している。マーキングされた気分だ。

「ぢゅっぢゅ、ぢゅっぽ、ぢゅっぽ、ぢゅるるるッ、ぢゅぞッ！」

頭の上下動が激化した。口舌の蠢動《しゅんどう》も一転して荒々しく、ペニスを貪《むさぼ》る動きとなる。男の味がおいしくてたまらないといった様子である。しぶくほど流れ出る唾液がその証拠だった。

「ぐうぅうッ……！　鞠子さん、本当にうまいッ……！」

比べてみると、八重のフェラチオは男を労《いたわ》る優しさがあった。快感を通じて癒やされてほしいという欲求すら感じる。

対して鞠子は自分が愉《たの》しむことに貪欲だった。

ペニスがおいしい。しゃぶりたくて仕方ない。だからしゃぶる。

同時に、自分のテクニックで男をいかせたい——細めた目がそう語っているように思えた。男より優位に立ちたいという欲求だろうか。

　本当のところはわからないが、恐ろしく気持ちいいのは確かだ。

「ぢゅるるッ、ぢゅうぅぅッ……ぢゅぽぽッ、ちゅぼッ！」

　さらには亀頭だけを集中的にしゃぶりつつ、幹はすばやく手でしごく。かたや玉袋を揉む手は優しい。硬軟あわせた責めに卓の逸物はパンパンに膨れあがった。

「ああっ、鞠子さんっ、うっ、ぐっ……！」

「ふふん……イキひょう？」

　小馬鹿にしたような目。腹立たしいが卓には抗うすべもなかった。

「出るッ……！」

　腰全体が泡となって弾けるように、卓は達した。

　負けた、と思ったのも一時のこと。

　得意気に細められていた鞠子の目が、一転して見開かれた。

「んっ、ぷむッ、んんんんっ……！」

　頬が膨らんでいく。次々に射出される精液の内圧だろう。喉を鳴らしてはいるが追いつかない。濃くて粘っこいものが出ている実感はあった。

「んぷッ」

ついに鞠子は精液を吐き出してしまった。とろろじみた粘液が肉茎に絡みつく。

「あっ、もうっ！　飲みそこなったわッ、じゅるるるッ」

鞠子は意地になって精液をすすり、なめとった。その刺激も心地よく、出したばかりの男根は隆起する。そのたくましさに彼女も目を奪われた。

「やっぱりうちの人とはぜんぜん違う……」

ごくりと喉を鳴らすのは精液を飲みこんだのか生唾を飲んだのか。

すぐに挑発的な笑みを取り戻して、彼女は身をもたげた。

「リベンジいくわよ」

「いやでも、隣に旦那さんがいるのに……」

「旦那は寝てるって言ったでしょ？」

「だからって、やっぱりこんなの……浮気、ですし」

卓がなけなしの理性を振り絞ると、鞠子は悪戯っぽく笑う。

「浮気だから燃えるんじゃないの」

浴衣の帯が落とされた。

襟がさらに開き、おうとつの激しい体つきが覗けた。

バストは豊満。腰はきゅっと窄《すぼ》まり、尻は急角度で広がっている。乳尻は八重ほどではないが、腰のくびれが強いので負けず劣らず色っぽい。

「しましょうよ、本気の浮気」

「いやです」

膝でにじり寄ってくる鞠子から、卓は尻で後退して逃げる。

「やりましょう」

「倫理的に問題があります」

「そんなに勃起して、本当は私とヤリたいんでしょう？」

「その気持ちがないとは言いませんが、それでも俺には……」

押し問答をくり返しながら逃げるうちに、気がつくと脱衣所にいた。

「ほら、もう逃げ場がない」

さらに後ずさり、部屋付きの屋内風呂に入ってしまった。

その壁に背をつけ、追い詰められると、心のどこかで安堵する。

──逃げられないから、仕方ない。

本心ではヤリたかった。

八重とは正反対の、派手で遊びなれた人妻を味わってみたかった。

男の本能が股間でますますいきり立つ。

「覚悟はできたみたいね？　それなら遠慮なく……」

鞠子は浴衣を脱ぎ捨てた。

卓は浴室の洗い場で馬乗りの餌食となった。

全裸でゴージャスな体型を披露した鞠子は、嬉々《きき》として股にまたがる。

「さあ、入れるわよぉ。食べちゃうわよぉ」

逸物に手を添えておのれの秘処に添える。波打って黒っぽい貝肉は、いかにも使いこんで熟成させてきたものだ。

接触の瞬間、小陰唇が亀頭に吸いついてきた。蠢《うごめ》いて誘導する先は、当然のように膣口。たくみに動いて竿先をくわえこむ。

「あっ、あっつい……先っちょだけでおっきい……すっごい！」

鞠子は鼻息を荒くして、ふいに、一気に、思いきり腰を落とした。

「んん～ッ！　やったぁ、ガチガチのデカチンだわぁ！」

「おっ、ぉおお……！　ものすっごく動く……！」

膣内の襞粒がお祭り騒ぎのように蠕動《ぜんどう》している。ひとつひとつが熱心にペニスを愛撫し、歓喜に肉汁をこぼす。

「普通に奥まで届くの最高だわぁ、あぁんッ、好みのデカち×ぽっ、最高！」

腰を左右によじらせて角度つきの抽送《ちゅうそう》を開始しながら、隣に聞こえそうな大声でよがった。きっと浮気の背徳感を満喫するためだろう。

「あんあんッ、あなたよりデカくて素敵よ、この子のち×ぽ！　んっふふ、あなたより若い男と浮気するの最高だわっ！　ぁあぁんッ、病みつきになっちゃう！」

「ま、鞠子さんっ、いくらなんでも言いすぎ……！」

スリルを楽しむにも限度がある。卓は途方に暮れていた。が、男の力があれば彼女を拒むことは難しくない。結局、押し負けた時点で自分も望んだことだ。

実際、彼女の腰遣いは抜群だった。

八重とくらべると直接的に快感を求める動きだ。肉頭が自分の弱い部分に当たるようコントロールしての精密かつ大胆な躍動。それでいて絶妙なテンポを守ることで男の快感も引き出していく。セックス巧者と言っていいだろう。

「あんっ、あぁんッ、どうっ？　そこらの若い娘よりずっと上手いでしょ、んッ」

「い、いえ、たぶん鞠子さんより若い子としたことはありません……！」

「あっは、嬉しい。ババアなんかより私みたいな若い女のほうがピチピチでいいでしょ？　ほら、いいでしょ？　ほらほらほらっ」

鞠子は卓の胸に手をやり、乳首を指先で弾いてきた。ピリピリと走る電流に卓は身悶えしてしまう。男の胸も感じやすいとはいえ、交尾しながらは衝撃が強すぎる。

「あくッ、くうッ……！」

「ほら、言いなさい。ババアより鞠子さんのおま×こがいいですって」

ペニスに愉悦を感じながら、卓の腹にはいら立ちが募っていた。

鞠子の膣はたしかに八重よりよく動く。だがイコール彼女のほうが気持ちいいとも言いきれない。肉厚で優しく抱擁してくれる八重の肉壺も極上であった。寿司とステーキを比べるようなものだ。

「ほらっ、言ってよぉ……ババアより鞠子さんが好きですって」

顔を下ろしてきて、甘えた声で顎先にキスをしてくる。

その態度がかえって卓の癪《しやく》に障《さわ》った。

「調子に乗るなっ、浮気女っ！」

乱暴に言って彼女の口を手で塞いだ。ついでに手首もつかむ。

「あのひとは俺にはじめて女を教えてくれたんだ！　素敵な女性なんだ！　浮気だってしない、貞淑な女性なんだぞ！」

色気のある熟女を蔑称で呼びたくはない。

なにより男にとって初めての女性は特別なのだ。

鞠子はなにか言おうとしているが、口を塞がれているので言葉にならない。

これ幸いと、卓は身を起こして体勢を逆転した。

彼女を押し倒して正常位になり、自分から腰を叩きつける。

「もう好き勝手言わせない……！」

杭打つようにピストン運動。男根で女陰を削り潰さんばかりの乱暴さだ。

「きゃっ、んッ、ああっ、激しい……！」

案の定、鞠子はたやすく喘《あえ》ぎだした——かに見えたのだが。

息を荒げながらも、ふふ、と小さく笑っている。

「激しいのすっごくイイけど、それだけじゃダメよ」

「え、そうなんですか」

「大きいからって勢いに任せてるようじゃ上手くなれないわよ。ほら、最初はゆっくり、ゆっくり、焦らすように出し入れしてみて？」

「こ、こうでしょうか」

出鼻をくじかれ、言われるままに腰を振った。

自分自身が焦れてしまうほどゆっくり、前後に出し入れする。

「はあぁ……そう、そうよぉ、いいわぁ」

鞠子は目を閉じてうっとりと感じ入る。反応が小さい一方で、リラックスして快感を存分に味わっているようでもあった。

「そう、それで、あッ、角度をつけていくの。前後左右いろいろと。相手の反応を見て、感じやすい部分を探るの」

「ええと、こうかな？」

腰をよじり、上体の傾け具合を変えることで、逸物の角度を変えてみた。ゆっくり前後しながら、反応の大きい場所を探る。

「あんっ！」

「お、ここですか？」

「そう、そこ……！　でもいきなり動かないで、ぐうっと押さえつけて、本当にそこが弱いのか確認するのよ……んんッ！」

「あ、中がヒクヒクしてきてます。かなり浅いところです」

「あぁあ、いいわぁ……！　そこ、Gスポットぉ……！」

「ここが噂の……」

知識としてはGスポットという性感帯のことも知っている。膣の入り口近く、腹側の部位にあるという。八重を攻めるときも、このあたりが良いのだろうと突いてはいた。が、厳密に確認していたわけでもない。

「あのね、女はみんな気持ちいいところが違うの。それを探り当てて的確に突けるのがセックスのうまい男よ」

「勉強になります」

さすがは遊び慣れた女。経験人数もかなりのものなのだろう。

「いいこと？　女なんてこうやってればみんなよがる、なんて思い込みは敵よ。イケメンに多いのよね、そういうの。顔がいいからヤる女に困らなくて、顔がいいから相手も勝手に昂ぶるから、テクニックを磨《みが》く気にならないのよ」

最後のほうは不機嫌そうに吐き捨てていた。経験が多いと嫌な思い出も増えるものなのだろう。

彼女は彼女で苦労しているのかもしれない。

「じゃあ、こうしたら気持ちいいですか？」

卓は労《ねぎら》いの気持ちをこめて、Ｇスポットをゆっくりと押しあげてみた。

激しく突くのでなく、ただただ一点を圧迫する。

「あっ、いいわっ、あぁあッ……！　イイわぁあ、それ……！　んんんッ」

徐々に鞠子の体が震え出す。たわわな胸が揺らぎ、膝が宙を蹴る。

「でも、まだよ……どうせなら外もいっしょに気持ちよくしたほうがお得だから」

「外、というと、胸とか……」

「そうね、とりあえず片手で優しくね」

卓は右手を柔胸にかぶせた。撫であげながら、ほんのすこし指に力を入れて優しく揉む。人差し指の腹で乳首を弾くのも忘れない。

「あっ、それ、あんッ、胸の扱いは上手じゃないの、はぁんッ」

「ええ、いちおう慣れてるかも」

八重の大きすぎる乳房は揉んでしゃぶって堪能《たんのう》してきた。延々と触っていた気がする。おかげで乳愛撫の要領は感覚的につかんでいた。

「じゃあ左手は……クリちゃんよ」

「あ、そうですよね。女性が一番感じやすい場所ですよね」

「これも優しくね。皮を剝いて、優しく、優しく」

左手を結合部に寄せ、親指を陰核に乗せる。それだけで鞠子の肩が微動した。

人差し指も添えて、つまむようにして、包皮を剝く。

「んっ、ふぅ、ふぅぅ、いいわぁ……！　クリちゃんはやく気持ちよくしてぇ」

「はい、じゃあ……こういう感じで」

剝き出しの肉豆に親指の腹をそっと乗せた。やんわり触れて、ゆるやかに上下して擦ってみる。たちまち鞠子の全身が震えだした。

「あっ、はあっ、いいッ、中と外っ、一気に、ぜんぶ気持ちいいわぁ……！」

心地良さげな鞠子であるが、ふいにその腰が大きく跳ねた。

「ぁあんッ！」

その拍子に肉穴の位置が変わり、肉棒が膣奥に滑りこむ。

どちゅんっ、と最奥を押し潰した。

「はへぇえええッ」

ひどくみっともない喘ぎ声が鞠子の口から飛び出した。

「奥も弱いんですね？」

「そ、そうよぉ、子宮口《ポルチオ》がいっちばん弱いの……！」

「ここもこうやって押さえつけたら感じますか？」

深く、深く、最奥を押し潰す。

抜き差しすることなく、ひたすら圧迫する。

鞠子の反応は露骨すぎるほどに大きかった。

「あへッ、へぇえッ、おひッ、おへぇぇぇぇ……！」

「すっごい声出てますよ、鞠子さん」

「これされるとヤバいのよぉ……！　すっごいメスにされてるって感じがするのぉ……！　乳首もクリちゃんもいじられて、もう全身メスだわぁ……あへッ！」

よだれを垂らして陶然としている顔に、居丈高《いたけだか》だった態度は見る影もない。

「なにしてるのよぉ、はやく突いてよぉ……！」

「え、ええ……？　じっくりゆっくり弱点を突くんじゃないんですか？」

「だって、こんなに気持ちよくされたら、おま×こ全部弱点になってるに決まってるでしょう……！　だから、はやくぅ……！、お願いぃ、突いてぇ……！」

今までの行為はあくまで下準備だった。

女を昂ぶらせて、荒々しい交尾に移るための。

「じゃあ遠慮なく、本気でいきますよ」

「ちゃんとGスポとポルチオどっちも気持ちよくしてよ？」

「え、おま×こ全部弱点なのでは……？」

「それでもその二箇所がほかより気持ちいいのよ、ほらはやくぅ！」

やはり注文が多い。

こうなったら意地でもよがらせてごめんなさいと言わせたい。

「ええい、食らえッ！」

腰の角度を意識して、Ｇスポットを突く。

そのまま愛液で滑るままに子宮口を突きあげた。

「あおおッ！」

獣の声で鞠子は鳴いた。

「そらっ、そらッ、どうだ、どうだッ！」

角度を保ったまま抽送すると、鞠子の反応がどんどん大きくなる。後頭部を床のタイルにこすりつけ、悲鳴じみた声をあげる。

「おひぃいッ！　おへッ、あぉおおおおおッ！」

「だから声が大きいって……！」

ただ大きいだけではない。風呂場なのでひどく反響する。

卓は湯船の蛇口を全開にし、湯を注ぐ音で嬌声を紛らわせようとした。

「私がこんなエグい声出すなんて、旦那は知らないからいいのぉ！　んおぉおッ、やっぱい、デカチンでこの責め方されるとマジ頭狂うッ、狂うぅううッ！」

さすがに喚《わめ》きすぎではないか。

はやく終わらせないと旅館全体の迷惑になりかねない。

さいわい風呂場に漂う湯気でふたりとも体が熱くなっている。感度があがり、快感が膨らむ。男根も肉穴も充血して沸騰寸前だった。

「くううッ……！　まだか、このっ、このッ！」

「あうッ、ひんッ！　ヤッバいい！　おま×このなかでまた膨らんでるぅ！」

「嬉しいんだろ、デカチンでま×こ潰されて！」

卓は射精の衝動を抱えたまま懸命に責めたてた。

「ぁああッ、もう無理っ、このデカチンえっぐいッ！」

鞠子もようやく限界を迎えようとしていた。

「乳首とクリちゃんは責めつづけて！　そのままっ、そのままでッ、最後は奥をぐーっと押し潰して射精《だ》してぇッ！　いっしょにイッてぇ！」

最後まで注文が多い。

しかし卓もちょうど耐えられなくなっていた。絶頂寸前で蠢動する膣肉に揉みこまれ、逸物がこれでもかと痺れあがっている。

「くっ、イクっ……！」

「私もイクッ、イクぅううぅうぅうッ！」

ふたりは示しあわせたように絶頂を重ねた。

濃厚な熱汁がゼロ距離から子宮口を撃ち、鞠子のオルガスムスを押しあげる。収縮する膣肉が海綿体を搾《しぼ》りあげ、さらなる射精を促《うなが》す。

(腹も立ったけど、すごく気持ちいいっ……！)

むしろ腹立たしいからこそ鬱憤《うっぷん》を晴らす悦びがあった。迷惑な女をペニス一本で屈服させ、性欲の捌《は》け口にする獣じみた達成感。

鞠子は口を半開きにしてヨダレを垂らしていた。深い法悦に浸《ひた》って表情筋が緩《ゆる》みきっている。勝ち気美人が台無しだが、だからこそ強烈な勝利感があった。

彼女は彼女で満足いく結果だったらしい。

「あぁん、いい子ねぇ……言われたとおり乳首もクリちゃんもいじってくれて、うふふ、帰るまえに若い子とセックスできて本当によかったぁ……」

どこまでも自分勝手な人妻に、卓は苦笑いをした。

(なんだかんだで、鞠子さんにはいろいろ教えてもらった気がする)

注文の多い彼女を満足させたことで、ひとつ上の男になれた。感謝の気持ちが静かに湧きあがってくる。

「さて……それじゃあ堪能したところで」

「ご自分の部屋に戻るんですね」

「バカ言わないで、二回戦よ二回戦。まだ若いんだから精力なんて有り余ってるでしょ？　うちの旦那じゃあるまいし情けないこと言わないで」

まだまだやる気の鞠子に、結局卓は押し切られるのだった。

第三章　女流作家の鬱憤晴らしセックス

翌日、海江田夫妻が宿を去った。

海江田氏は妻の不貞に気付いた様子もなかった。

卓は胸を撫で下ろし、気を取り直して朝からノートPCに向かった。

キーボードを打つ指が軽い。

頭のなかで文章が飛び交い、整理され、手からPCに出力されていく。まだ全盛期の速度ではないが、おおむね留《とど》まることなく執筆できた。

「女のひとのこと、書けそうな気がする」

実際に書けている確信はない。ただ、筆は進む。

スマートフォンがアラームを鳴らした。

正午に鳴るよう設定していたのだが、体感では十一時にもなっていない。

「もうちょっとだけ。もうちょっとだけ……」

調子がいいときはノートＰＣから離れたくない。ほかのことをなにもしたくない。文章を書くことが根本的に好きなのだ。だからこそスランプで書けない事実になによりも打ちのめされた。

もっとだ。

もっと書きたい。

頭のなかで溶鉱炉のように煮えたぎる想像力を吐き出したい。

ひとつの章を書ききったときの達成感は射精の快感にも匹敵する。

「……よし！　できた！」

「お疲れ様です、荻名先生」

部屋の隅《すみ》から労いの声が飛んできて、卓は目を白黒させた。

「え、女将さん？」

「はい、若女将の葵です」

いまだ十代の女将は細腕でテキパキと部屋を掃除していた。

「入室の許可はいただいたのですけど、もしかして憶えてませんか？」

「本当に……？　ぜんぜん意識してませんでした」

「すごい集中力ですね！　だからあんな小説が書けるんだなぁ」

うむうむと納得した様子の葵。その仕草が子どものように愛らしくて微笑ましい。無駄のない清掃活動とのギャップも宿の売りだろう。

「ところでお腹空《す》いてませんか？」

「たしかに……もう正午かぁ」

あらためて時計を見てみると、十三時三十分。思ったよりも時間が過ぎていた。

「いや、いい。調子がいいから部屋にこもって書きたい」

「でしたら簡単なものでも作ってきましょうか？」

「そんな、悪いですよ」

「いいからいいから。頑張り屋さんの先生に特別サービスです」

葵は退室した。

急に静かになった部屋で一息つく。キーボードを打つ手は止まっていた。熱意が消えたわけではなく、ただ落ち着いた。いわばアイドリング状態だ。その気になればすぐにでも書き出せるだろう。

「笑い方、ちょっと八重さんに似てるんだな」

八重は月のように奥ゆかしく笑うが、葵は太陽のように明るく快活に笑う。対照的なように見えて、かすかな吐息の茶目っ気が似通っていた。

もしかすると、快楽の吐息も似ているのかもしれない。

「……なにを考えてるんだ、俺は」

母親と交わったばかりか、娘にまでよこしまな目を向けるなど外道の所業だ。

やはり執筆していないと自分は駄目なのだと、卓は考えなおした。ふたたびキーボードに手をつけて執筆しはじる。

体感で数秒後、食欲をそそる匂いにあっさりと意識が引き戻された。

「はい、どうぞ先生。若女将特製まかない山盛りラーメンです」

葵が座卓に置いたのは丼に野菜と肉が山と積み重なった代物だった。具が多すぎて麺がまったく見えない。

「うわあ、すごい盛ったね……」

「東京とかでは、こういうの人気なんですよね？　私は食べたことないから味付けも具も我流なんだけど……美味しいですよ」

自信ありげな態度に押され、卓はノートPCを閉じて横に置いた。

キャベツともやしに厚切りのチャーシューを箸《はし》で取り、口に運んでみる。嚙《か》みしめればシャキシャキと歯に心地よい。味付けは塩胡椒に野菜と肉の旨味というシンプルなもの——と思いきや、ツンと痺れる感覚が走った。

「あれ、もしかしてワサビ？」

「地元のワサビです。もしかして苦手でしたか？」

「いえ、好物です」

掘り進むように食べていくと太めの麺が覗けた。スープは塩ベースに具材の旨味《うまみ》とワサビの刺激が加わったもの。

ひとすすりで卓の頬はゆるんでいた。

「うん、美味しい。いけますすよ、女将さん」

「でしょ？　よかったぁ、先生に喜んでもらえて」

葵は対面でラーメンをすすっていた。自分の昼食も持ってきていたらしい。

「旅館っぽくないから献立《こんだて》には入れないんですけどね。お客さんで食べたのは荻名先生がはじめてです」

特別待遇に肩身が狭くなる。ただでさえ彼女の母親からは特別なサービスを受けているというのに。

それはそれとして、ラーメンはうまいので完食した。

「ごちそうさまでした。わざわざすいません、こんな美味しいものを……」

「いえいえ、お気になさらず……と言いたいところですが、かわりにひとつお願いしてもいいですか？」

まだあどけなさの残る顔には悪戯っぽい笑みがよく似合う。

彼女はそっと一冊の文庫本を取り出した。

『不夜城のオルカ』

荻名卓のデビュー作であり、先ごろ映画化もされた代表作である。

「いまさら読んだんですけど……すっごくおもしろかったです！　もしよろしければサインいただけないでしょうか……！」

悪戯っぽい笑みははにかみ笑いに変わっていた。柔い頬を赤らめて、おずおずと文庫を差し出してくる仕草も可憐である。

この日、卓は新たなファンを獲得した。


四季宿あおいのサービスが変わった。

卓から連絡せずとも勝手に食事を持ってきてくれる。それも朝昼晩すべてだ。

なおかつ運ぶのは決まって葵である。

「がんばってくださいね、先生」

敬称で呼ばれはするが、八重ほど年齢も離れていない。

年の近い少女に若々しく高い声で応援されるのは新鮮な気分だった。年上の女性への憧れとも違う、新鮮で胸がときめく気持ちだ。

とくにひと気のない宿泊室での葵は弁に熱をこめてくる。

「いま書いてるのも終盤になってグングン加速していく話なのかな……先生の小説って、本当に最後のほうすごいじゃないですか。オルカの最後、銃をミサの鞄から取り出したところとか！　そうきたかーって興奮しました！」

「さっき『死化粧のオルカ』を読み終えました！　先生、ひっどいです！　あ、ひどいっていうのは悪い意味じゃなくて。容赦ない展開にドキドキしました！　だってオルカの家族ぜんぶ犠牲になるなんて思わないじゃないですか！」

「あの、もしかして『オペラ座、爆発』のキリヤって、オルカに出てきたサエキの親戚ってことですか……？　だったら、オペラ座の事件も遠回しにオルカのせいってことになりませんか……？　先生、オルカいじめすぎですよ！」

彼女の感想は表面を取りつくろう適当なものではない。しっかり作品を読みこんでいなければ出てこないものばかりだ。

敷山葵は美少女である。

美少女が自分の作品を楽しんで、なにかと熱烈な感想をくれる。

「作家やっててよかった」

卓は頬と鼻の下がゆるんでいた。

ただし腹の底には黒いものがある。

「……八重さんとの関係、もうやめにしようかな」

なんとなく気まずいし、女性描写も書けそうな今、関係を引きずる意味もない。

顔をあわせたら礼を述べて、すべて清算したい。

自販機のジュースを買うため部屋を出ると、露天風呂から八重の声が聞こえた。絶好のチャンスだと思った。

清掃中の看板が立っているのを確認し、こっそりと露天風呂に入る。

八重が鼻歌を唱いながらモップがけをしていた。

和服の裾をまくりあげて晒《さら》した白いふくらはぎが目につく。

後ろに突き出すような尻。張りつめた和服。

――もうこの体を味わうことはできない。

そう思った瞬間、卓の頭でなにかが弾けた。

「八重さん……！」

後ろから抱きついた。

「きゃっ……！　荻名先生？　ダメですよ、お掃除中にこんなことしちゃ」

八重は叱りつけてきたが、イタズラっ子をたしなめるようで迫力はない。むしろもっと叱ってほしいとすら思える。

「ごめんなさい、八重さん。セックスしたいです」

右手で乳房を揉み、左手で尻を揉む。どちらも手が飲みこまれんばかりに柔らかい。ずっしりと重みも感じる。男を求める肉付きだった。

「ここにパンパンって腰を打ちつけたいです」

「ああ……！　パンパンだなんて、そんな……！」

「してほしいんですね？」

自分でも驚くほど強引に押した。

服越しに乳首をカリカリと掻《か》くのを忘れない。まくれた和服の裾に手を差しこみ、秘裂を優しくなぞれば、内側からじとりと愛液がにじむところだった。

口ではたしなめながらも、体の芯が期待している。

胸と股を同時に責められ、甘い吐息を漏《も》らしている。

「はあっ、あぁん……あふれてしまいます……」

「もうあふれてるよ。俺の手、ビショビショになってます」

熟女の蜜は止《とど》まるところを知らない。卓の手はもちろん彼女自身の脚を伝って浴場を汚しはじめていた。

指先を膣口に押しこめば、八重の体が愉悦にふらつく。

「あぁ……！　だめぇ……！」

前のめりに倒れかかって手をついた先は、壁に貼りつけられた鏡。

「八重さん、ものすごく欲しそうな顔してるね」

鏡に映る彼女の顔は酩酊《めいてい》したようにとろけていた。半開きの口からこぼれた吐息が鏡を曇らせる。

「あぁん、だってぇ、んんんっ、だってぇ、先生が上手だから……！」

「八重さんがたくさん教えてくれたからですよ」

半分は嘘である。性戯の土台を形成したのは八重だが、たしかな技術を建築したのは鞠子だ。彼女と向きあうことで卓は女性の弱点を探ることを覚えた。

熟女の和服をはしたなく捲り上げ、下半身を露出させる。親指で陰核を撫でつつ、中指で膣内を探る。

肉豆の裏側、つまり膣内の腹側を慎重に撫でまわしていく。すると、ある一点で八重の肩がこわばった。

「あっ！」

「ここ、Ｇスポットですね」

卓は鞠子とのプレイで手に入れた知識と技術を総動員した。

指を激しく抜き差ししたりはしない。クリトリスは小刻みに撫でるが、圧迫は最低限に。逆にＧスポットは撫でるのでも擦るのでもなく、押す。ぐ、ぐ、と押しこんでいくと、あからさまに八重の声が高くなった。

「ぁあッ、ひんッ、ひぁあああッ……！　待って、待って、待ってぇ……！」

「あ、ビクビクしてきました。イクんですか？」

「イッちゃいますッ、イッちゃいますけど、それだけじゃなくて……！」

「イッてよ、八重さん。八重さんがイクところ好きだから」

いつになく責めっ気が強いのは、鞠子に苦労させられた反動かもしれない。

クリいじりとＧスポット指圧をすこし強めて、八重をよがらせる。

彼女が絶頂に達するのはすぐのことだった。

「あああああッ……！　いやぁあああああッ！」

浴場に甘い悲鳴が響きわたる。

そして同時に、すさまじい勢いで卓の手に当たるものがあった。

「あっ……もしかして、潮吹《しおふ》き？」

とっさに手を引くと、ぱしゃぱしゃと透明な飛沫《しぶき》が床に当たって弾けた。

「いやぁ……！　恥ずかしい、です……！」

切なげにかぶりを振る八重に嗜虐心《しぎゃくしん》が湧く。

液体の描く放物線が途絶えると、卓は猛り狂う逸物を秘処に押し当てた。

「あっ、ま、待って……！　いまはまだ汚れてるから……！」

「可愛かったよ、だらしなく潮吹いてる八重さん」

「ああ、意地悪です、先生……！」

年長者ではあるが、恥じらう姿は掛け値なしに可愛らしい。

いじめたい、と思う。

竿先に攻撃性を込めて、後ろから濡れそぼった柔穴に突き刺した。

「ああッ……！　はぁああああッ……！」

「お、潮吹いたせいか、いつもより具合がいいですよ」

ごく自然に言葉責めをしつつ、ゆっくりと出し入れする。彼女の反応の大きさを確かめながら弱点を見極めた。

「あっ、ああぁッ……あんッ！　あぁあッ……！」

よがり声が大きくなるのは、ほぼ鞠子とおなじ経路。

Ｇスポットから膣口へのラインである。

ただし挿入角度が大幅に違う。膣の形や性感分布が別物なのはもちろん、尻肉の厚みが結合に干渉するのだ。

卓は数回の抽送で絶妙な角度を見出した。

「こうするといいですか？」

「あっ、えっ？　先生っ、なんでっ、ぁあああッ……！　はひッ、あへっ、こんなっ、こんな腰遣いっ、別人みたいなっ、んぁあああああッ！」

鏡のまえでまた八重がイク。白いうなじに玉の汗を流しながら。

一時停止していた腰遣いもすぐに再起動する。

弱点を徹底的に責めぬくピストン運動が八重を狂わせた。

「はひッ、えあッ、ぉおおおッ！　これっ、いけませんっ、ダメっ、おかしくなりますっ！　死んじゃうッ、アソコ死んじゃううぅううッ！」

たびたび絶頂に達しては膝を震わせ、必死に姿勢を保つ。崩れ落ちない理由は、しきりに擦りつけてくる尻からしてあきらかだ。

「もうすっかりイキっぱなしですね、八重さん」

卓は八重の胸をはだけさせ、生の乳房を優しく揉んだ。他方の手でクリトリスを刺激するのも忘れない。鞠子の指南がすっかり染みついていた。

「もう無理っ、許して先生っ！　あぁぁああ無理無理ムリぃいいいいッ！」

一回り以上も年の離れた女が、肉付いた肢体を痙攣させて許しを請う。ひどく陰惨な悦びが卓の背筋に鳥肌を立てた。

興奮は頂点に達し、逸物の付け根に熱い塊が膨れあがる。

「イクよ、八重ッ！　精子注ぎこんであげるからねッ！」

「くださいっ、わたくしもイキますッ！　ぁあああぁイクイクイグぅううッ！」

力を込めて突きあげ、股間にこめていた力を解放。

どばっと雪崩《なだ》れこむ勢いで射精した。

熟穴もねじきれんばかりに震えあがって熱液を受け止める。彼女の背筋も反り返って喜悦に躍っていた。

「ふぁあぁあッ……！　先生がこんなに上手になるなんて……すてきです」

八重は熱に浮かされたように陶然としていた。

部屋に戻って、はて、と卓は首をひねった。

「俺、なんだかヘンじゃないか」

八重にした嗜虐的な行為が、ではない。

違和感がないのが違和感だった。

「なんだろう、この感覚」

普段と違う行為をしたのは初体験のときもおなじだ。あのとき動揺しつつも状況を受け止めようと努力したのだが。

今回は努力の必要もなく、自然に現状を受け入れていた。

八重を強引に抱き、よがり狂わせた。自分の行為を当然のことのように認識している。まるで最初からそういうことができる人間であるかのように。

「葵ちゃんのこともあるし、ダメなことなんだけど……」

いざ若女将の母親を抱いてみると、罪悪感よりも満足感が勝《まさ》った。

さて、どうしたものか。右へ左へ首をひねりながらも、ノートＰＣのキーボードを打ちつづける。

いつの間にか夕刻になっていたが、仕事は進んでいた。

たびたび長考を挟むので絶好調とは言えない。それでも終わりは見えてきた。

修正したい部分もあるが、いまは後回しでいい。

とにかく最後まで書きあげたい衝動があった。

まるで射精したくて腰をしきりに振っているかのような焦燥感すらある。

だから、ふいにドアがノックされたときは邪魔をされたようで不愉快にさえ感じた。

「はい、なんですか」

「荻名さん、ちょっといい？　石川ですけど」

少々強い口調で返事をすれば、相手の声は数段強気だった。出鼻をくじかれ、卓は気後れしながらも席を立ち、自分からドアを開いた。

「どういったご用件でしょう……？」

「男手が必要だから手伝ってくれない？」

明奈はひどく冷たい顔をしていた。秀麗《しゅうれい》な面立ちの美人だけあって不機嫌な顔も様《さま》になる。迫力もある。

「はい、なんでも」

卓はあっさり押し切られた。

「山のなかまで荷物を運んでくれる、荻名卓先生？」

「キャンプですか？　また叱られませんか……？」

「若女将が、例の山の持ち主に話をつけてくれたの。ちょっとした条件つきでね。あの子、若いのにかなり顔が利くのね。あの年で地元に貢献してるし年寄りに好かれるのはわかるけど」

彼女はやはり不機嫌そうに、エコバッグとクーラーボックスを押しつけてきた。

「これは……？」

「食材。若女将のサービスよ」

「サービスにしても気前がいいですね。旬の素材もたっぷりありますよ」

「話が合ったのよね、小説のことで」

話の途中できびすを返して歩きだす明奈。先日までとは別人のように素っ気ない。最低限の礼儀すらなかった。

なにか怒らせたのだろうか？

卓は手早く外出着に着替え、萎縮しながら彼女を追った。

ロビーで明奈は葵に深く頭を下げていた。

「いろいろとお世話になりました。本当にありがとうございます」

「いえいえ、この機会に浅城の山をご堪能ください」

礼儀はあるが、交わす笑顔は友人のように親しげだ。葵には年齢差をモノともせずにひとと打ち解ける力があった。きっと母親譲りの人柄だろう。

「荻名先生もがんばってくださいね」

ほがらかな笑顔に見送られて、卓は山への道を歩きだした。

向かう先は明奈が一度キャンプしていた山間《やまあい》だった。

手製のシェルターも焚き火跡も残っている。

「あの、お手伝いしますか？」

「荷物だけ置いてください」

明奈は視線のひとつもくれずに、焚《た》き火をはじめた。

卓は荷物を適当な地面に置くと、彼女の慣れた手つきをただ眺めた。もはや用もなさそうだが、立ち去るにも一言挨拶はすべきだと思う。だが唐突につっけんどんな態度を取られて、話しかけるのも気が引けた。

火がついた。夕方の薄暗さがオレンジ色に染まる。

揺らめく炎と薪の焼ける音には不思議な魅力がある。目が離せない。

「お腹が減ったわ」

明奈はぼそりと言い、調理の準備をした。自分の背負ってきたバックパックから小さめのまな板や包丁、菜箸《さいばし》、その他の調理器具などを取り出す。エコバッグとクーラーボックスからは食材の数々。

鶏肉と旬《しゅん》のキノコと野菜を適当に切り、手鍋《てなべ》に投入。適当に塩胡椒をして、適当なところで溶けるチーズを振りかける。香ばしい匂いが漂ってきた。

「飲むわよ、荻名先生」

クーラーボックスから現れたのはビール二本。一本が卓に投げ渡された。

「適当につまんでいいから。座る場所がなければこれどうぞ」

渡されたのは箸と、折りたたまれたブルーシート。工事現場などで使われる可愛げのないものである。

「こういうシートも使うんですね」

「万が一のときね。雨漏りしない屋根になるし、濡れた場所に敷くこともできるし、雨を溜めておくこともできるから。寝袋では寒いときのお布団にも、ね」

「なるほど……」

卓はブルーシートを座布団がわりにして腰を下ろした。

箸で手鍋からチーズまみれの肉キノコ野菜をつまみ取る。一口食べると、味付けが濃い。ビールで流しこむと良い塩梅《あんばい》だった。

明奈も酒とつまみを口に入れながら調理は止めない。まるで熟練のキッチンドリンカーだ。塩胡椒した食材に串を通し、焚き火のまわりに刺す。

「飲んでしゃべるあいだ、おつまみは持つでしょ」

「けっこう食べるんですね」

「男のお腹には物足りないぐらいじゃない？　ほら、半分どうぞ」

ふたりは飲んで、食べた。

とくに会話はない。

シンプルな料理は美味しいし、ドライビールも喉越しが心地よい。野外という環境も絶好のスパイスである。ただ、気まずさが味を半減させている。

「……あの、なにかお話があるのでは？」

勇気を出して話しかけると、半眼で睨めあげられた。

「大ヒット作家の荻名先生」

「ええと、どうも。それはもう、みなさまのおかげで……」

答えてから、背中をぞわっと寒気が走った。

明奈には苗字しか名乗っていないのに、自分が作家の荻名卓だとバレている。そういえば、さっきも明奈は、こちらをフルネームで呼んでいたような？

いつ、どこでバレたのだろう。

それに、昨夜に明奈と荻名卓について話したときに知らんふりをしていたことまで、バレてしまったということだ。あまりにも気まずかった。

卓は無意識に生唾を呑み込み、ようやく口を開いた。

「い、いつ俺が荻名卓だと……？」

「女将も仲居さんも荻名先生って呼んでるでしょう？　それに女将が荻名卓の小説にハマったと言ってましたし。カマをかけたらドンピシャリでしたね」

完全に引っかけられた形だった。

それでもわからないのは、妙に刺々《とげとげ》しい態度である。

「デビュー以降快進撃をつづけるクライムサスペンスの麒麟児《きりんじ》、新進気鋭のサスペンス作家、処女作が映画化してこれもヒット、すでに進行中の実写化企画も三本あるとか、信じられないぐらい好調ですね」

「ええ、そうですが……」

はて、と卓は内心で首をかしげた。たしかに現在、実写化予定作品は三本ある。うち一本は映画化されたデビュー作を再構成してドラマ化するものだ。まだ情報未公開のはずだが、缶詰しているあいだに公開したのかもしれない。

「大ヒット作家の荻名先生は女性にも困らないようで」

痛いところを突かれて、卓の思考は停止した。

「あの……やっぱり聞こえてました」

「聞こえるに決まってるでしょ、あんなすさまじい声」

八重はまだしも鞠子の声は獣だった。部屋風呂の防音性はわからないが、さすがに限度があるのだろう。

「温泉旅館に缶詰で執筆して、気が向いたら女を抱いて、さぞかし悠々と良い気分なのでしょうね。憧れてしまいます」

冷たい口調からは憧れどころか敵意しか感じられない。

「いや、その……」

返す言葉もなかった。卓なりに苦悩も苦労もしているが、旅館に長期滞在する程度の経済的余裕はある。映画化で原作の売上げが大幅に伸びて以降、使い道もない金が貯まっていた。

「いちおう言っとくわ。ごめんなさい。私、荻名卓が大っ嫌いなの」

「は、はあ？」

謝りながら嫌われても対応に困る。

「だって荻名先生、ブーム起こしたじゃないですか」

「ブームなんて、そんな。俺の書いてるジャンルに良い作品がもともと多かっただけだし、一定の支持はあったから……」

「そうね、荻名先生より描写が上手い作品も、テーマの掘り下げが上手い作品だっていくらでもあるわ」

痛いところを突かれて卓は閉口する。

「作品の出来はともかく、近年の火付け役は間違いなく荻名先生でしょ？　おかげさまで私も荻名先生みたいなの書けって百万回言われたわ」

おや、と卓は眉をひそめた。

「おまえの書く小説はいい作品なんだけど、いまはそういう時流じゃない。荻名先生みたいなの書こうよ、だってさ」

困惑しながらも、まくしたてられた言葉の意味を咀嚼《そしゃく》する。

「……石川さんも作家だったんですか」

作家であれば未発表の実写化情報を知っていたことも説明がつく。おそらく身近にコンプライアンス意識に欠けた編集者がいたのだろう。

「久石彰《ひさいしあきら》と申します。荻名先生と違って売れてないから知らないだろうけど」

「ああ、はいはい、久石さん……なるほど」

「知ってるようなリアクションしてるけど本当は知らないでしょ？」

噛み殺されそうな目で言われた。図星なので縮こまる。

「ごめんなさい……不勉強で」

「いいのよ、逆恨みで大作家先生に噛みつく三流作家なんて知る価値ないし」

「いやいや、そんな。俺だって宣伝で盛りあげていただいてるけど、まだまだ至らないところばかりで。ネットでも女性の描き方がヘタだって叩かれてるし……」

「売れてるってことは、それを求めてる読者がいるってことでしょ」

吐き捨てるような口調。その事実を認めたくない気持ちが透けて見えた。

「売れる売れないはタイミングの問題もあると言いますから……」

「そうね、タイミングね。いまは社会派サスペンスはちょっと分が悪いんだってさ。だから荻名先生のパクリでいいから売れ線のを書いて数字出さないと、もう次はないってことでしょうね！　あはははっ」

久石彰こと石川明奈はビールを一本飲み干し、二本目は一息で空にした。

空き缶を脇に置き、三本目に口をつける。

顔は赤らみ、目は据《す》わっていた。見るからに悪酔いしている。

「ごめんなさい、八つ当たりです。ひがみです。最低。ほんと嫌になるわ」

自覚しても自制できず、八つ当たりせずにはいられない。それほどまでに追い詰められているのだろう。

ブッシュクラフトも傷ついたプライドを癒やすためかもしれない。卓が温泉宿で缶詰しているのとおなじだ。

(気持ちはわかる……なんて言っても余計に怒るだけかな)

売れている作家の悩みなど、彼女にはきっと贅沢《ぜいたく》にしか映らない。旅館に長期滞在している卓と、キャンプでブッシュクラフトの明奈では予算も大幅に違うだろう。

だから、卓にできるのは相づちを打つことだけだった。

否定はせず、肯定もせず。

はい、ふむ、なるほど、大変ですね、と無味乾燥な受け答えに徹する。

「まさかたまたま出会った荻名さんがあの荻名先生だったなんてね……運命論者になっちゃいそう。はあ、せっかく気分転換したくてキャンプにきたのに」

明奈は深くため息をつき、焚き火の脇に手を伸ばそうとした。

が、串焼きはすでにない。

手鍋もビールもちょうど空になっていた。

食材はまだ残っているが、調理する気力はなさそうだ。

「なんで私、ネット記事だけで満足できなかったのかしら」

さらに深く、ため息をつく。

「そっち系のライターだったんですか？」

「フリーでいろいろ書いてたわよ。病院関係とかね、大学は医学部だったから知見もあったし。ちょっと病気こじらせたせいで大学は中退になっちゃったけど」

明奈の劇的な人生が垣間見えたかもしれない。踏みこむのも無粋な気がしたので、卓はやはり「なるほど」と流した。

「なにがなるほどなの」

睨みつけられた。安全牌《ぱい》だったはずのセリフが地雷になった瞬間である。

「めんどうくさい女に絡まれたって思ってるでしょ」

「いや、そんなことはないですよ」

「目が泳いでる」

「強く出られるとビビっちゃうんですよ、小心者ですから！」

情けない本音で応じると、明奈は眉根に皺を寄せて目つきを悪くする。

焚き火を迂回《うかい》して、四つん這いで近づいてくる。

間近から顔を凝視してきたかと思うと、ふいに唇を重ねてきた。

「んっ、むうっ、んんん？」

意味不明なキスに卓は混乱するが、彼女は構わず舌までねじこんできた。舌を絡めるというより、口内を殴りまわすように暴れる。

獣が血をすするように吸う。

「ちゅぐっ、ぢゅぱぢゅぱッ！　ぢゅるるッ、ぐちゅぐちゅッ！」

気持ちいいとか興奮するとか、そんな余裕も卓にはない。ただただ翻弄《ほんろう》された。圧倒された。貪り食われて呆然としてしまう。

ぷは、と彼女から口を離す。唾液が何本もの糸になっていた。

「ムカついてるときにセックスすると興奮するのよ」

「いや、意味がわかりませんよ！」

「理屈を聞きたいの？　Mが痛みに快感を覚えるのとおなじ。ストレスを緩和《かんわ》するために脳内麻薬が分泌されるのよ。ならヤらないと損でしょ！」

「でもここ、外ですよ！」

「ほかの宿泊客に聞かれる旅館よりはいいでしょ？」

「それは……たしかに」

「土で汚れるのが嫌ならブルーシートがあるでしょ、ほら！」

明奈はブルーシートを広げ、膝立ちでまた唇を奪ってきた。

あまつさえ卓の股間を触ってくる。口腔粘膜への刺激で条件反射的に硬くなった逸物を、握りしめて上下にこする。

「うっわ、硬いしおっきい……！　女に困らないヤリチンの竿じゃないの」

「ヤリチンなんかじゃないですよ！　ここに来るまで童貞だったし！」

「童貞のくせに女よがらせてんじゃないわよ！」

鞠子以上に理不尽な難癖にいら立ちが募る。

本人も言っていたが、完全な八つ当たりだった。

(小説のことは俺に責任なんてないし、ヤリチンでもないし、よがり声をあげさせたのは、まあ俺のせいだけど。でも、六割がた俺のせいじゃないだろ！)

頭に血が登ってきた。脳と亀頭《つの》に、である。

「えぇぇ……まだ大きくなるの？　女を犯したくなってきたの？」

「犯すなんて人聞きの悪い……誘ってるのはそっちでしょ」

「犯すって言いなさいよ、そのほうがムカついて興奮するんだから！」

攻撃的マゾヒストとでも言えばいいのだろうか。とにかく彼女はセックスで鬱憤を晴らしたいのだろう。相手が嫌悪の対象のほうが燃えるのであれば、なんとも難儀な性癖であるが。

「犯すぞ……！」

卓は言って、唇を吸いかえした。

そして彼女の服に手をかける。マウンテンパーカーを脱がそうとするが、キスしながらではうまくできない。

「ああもう、焦れったい！」

明奈はみずからマウンテンパーカーを脱いだ。ズボンにも手をかける。

そのあいだに卓も自分の服を脱衣していく。

乱雑に脱ぎ捨てたあと、明奈の下着姿に卓は思わず見とれた。

スタイルがいい。

肉感的だった八重や鞠子と違うタイプのスラリと美しい肢体だ。

ゆったりした服装でわからなかったが、腰の位置が高く手足が長い。バストはほどほどの大きさで形がよく、ヒップも綺麗に持ちあがっていた。洒落《しゃれ》たレースの黒い下着をつけていると、下着カタログの女性モデルのようだ。

「妙に体を鍛えてるのが腹立たしいわね」

明奈は文句をつけながらも、筋トレで引き締まった卓の体に生唾を飲んでいる。

付け入る隙だと男の勘が働いた。

卓は彼女の両手首を片手でつかんで持ちあげた。抗うすべを奪い、乳房に他方の手を乗せる。下着越しにも先端が尖っているのがわかった。

「あっ……犯すのね！　私のことレイプするのね……！」

ぶるりと背筋を震わす明奈の様子に、彼女の求めるものを確信した。

乳肉を握りしめた。

「はっ、あんんッ……！」

乱暴に揉みしだくと、明奈は悔しげに眉を寄せて身をよじる。

「痛いぐらいが気持ちいいんだろ、マゾ女」

「くっ、うぅ、ムカつく……！」

怒りに吐き捨てながらも、乳首はさらに尖っていた。強くつまんでやると、ますます彼女の声は高くなり、身じろぎが大きくなる。

「んんんッ、最悪ッ、最悪ッ……あぁーッ」

木々の合間を喜悦の声が吹き抜けた。

(やっぱり、これぐらい乱暴なほうがいいんだ)

基本的に女体は優しい刺激で徐々に慣らすべきだ。が、それもあくまで個人差がある。鞠子にみっちり教えこまれた。

明奈はまさに例外タイプ。嫌な男に無理やり乱暴にされるのを好む生粋《きっすい》のマゾヒスト。嫌がっているのも演技か、あるいは本気で嫌だからこそ体が悦ぶのか。

どちらにしろ、優しさが不要な局面であることは確かだ。

「外でこういうことされて悦ぶんですね」

あえて半笑いで言い、片手で彼女の股をまさぐる。黒ショーツがぐっしょり濡れているばかりか、秘処を押しこむと全身が大きく震えた。

「うっ、くうぅぅッ……！　旅館であんな声で女よがらせてる変態に言われたくないわよっ、んんっ！　ぁあぁッ……！」

ショーツから大量の液が染み出してくる。尋常な濡れ方ではない。

もっともっと反応を引き出したい。卓は本能のまま行動した。

「こんなふうにしたら気持ちいいんじゃないかな」

ブラジャーを押しあげて美乳を暴き、乳首を爪で潰しながら揉みこむ。

「あひぃッ」

高い声が耳に心地よい。

ショーツ越しの陰核にも爪を立てると、さらに声が高くなった。

「ひいぃいいいぃッ……！」

腹が小刻みに屈伸するような絶頂痙攣。明奈が前のめりに倒れ、四つん這いになる。

「これだけでイッたの？　だれかに見られるの想像して興奮したのかな」

「ほんっとうにムカつく人ね！」

激しい口調ではあるが、怒りを口にするときほど股の濡れ方が激しい。

卓は気後れしそうになる自分を内心で鼓舞して、傲慢《ごうまん》な男を演じた。

「しゃぶってよ、ほら」

あぐらをかき、明奈の頭をつかんで股ぐらに引き寄せる。抵抗はほどほど。男の腕力ならたやすくねじ伏せられる。

歪んだ唇に亀頭が接触し、先走りが付着する。

「うっ、くさい……！」

「どうせくさいのしゃぶるの好きなくせに」

正直ちょっとショックだったが平静を装った。

両手でさらに後頭部を押さえこめば、あっさりと唇が開く。唾液のぬかるみに歓待され、亀頭が喜悦に熱くなった。

「んおぉッ、おちゅッ、ちゅるっ、れろれろっ、ぐちゅううっ」

明奈は卓を睨みながらしゃぶりだした。眉根を寄せ、恥辱に顔を赤らめながら、舌の動きはさも美味しげである。唾液が大量に分泌しているので音も大きい。頬を窄めてすすりあげる音は、旅館であれば隣室に聞こえそうなほどだ。

(なんだか新鮮なタイプだな……)

鞠子のときも攻撃的と思ったが、いまにしてみれば性に積極的なだけだった。くらべてみると明奈は、反撃を誘発するために攻めっ気を出している。

「こういうのはどう？」

試しに腰を軽く押しあげ、喉を突いてみた。

「おぐッ！」

苦しげな声。呼吸がせき止められるうえに吐き気がするだろう。だが、彼女の腰は物欲しげに上下していた。

卓は突きあげた。

テンポよく、強すぎないように、トントンと奥を打つ。

「やっぱりこういうの好きなんだ？　嫌な男に口をおま×こがわりに使われて、さっきからお尻ビクビクさせてるよね」

「んんんッ、んぐっ！　おぶっ、あおッ、ぉおおおッ……！」

口角からはヨダレがこぼれ、悔しげな目には涙。顔の赤らみは耳まで広がっている。なのに舌は終始ペニスをなめたくって止まらない。

喉も適度に狭く、濡れていて、逸物が心地良い。

「うっ、くうぅ……！　ひとに難癖つけるよりチ×ポねじこまれるほうが合ってるじゃないか、この口……！」

「んんーッ！」

言葉で侮辱されると、例のごとく睨みながら尻が震える。

そして復讐のごとくペニスを猛然としゃぶるのだ。バキュームフェラである。唇を閉じ、頬をへこませ、秀麗な面立ちを惨《むご》たらしいほど崩して。

「ぐッ！」

すさまじい吸引に卓は耐えきれずに射精した。

とっさに彼女の頭を引き寄せ、喉奥に放つ。

びゅるびゅると出せば、ごくごくと飲み干された。

「んぐっ、ごくっ、ごぎゅっ！　ふーッ、ふーッ！　うぅうぅッ……！」

怒りと屈辱に目元を歪め、それでも熱心に飲精する。倒錯した感情のうねりの中心で、ビクンッ、とその尻が跳ねた。

「精液飲んでイッたんだ？」

「ふーッ！　むぐーッ！」

目には強い反抗の意志が宿っているが、口喉は男を貪ってやまない。尻は絶頂の余韻に震えつづける。

「ハメてほしいんだよね、久石先生？」

あえてペンネームで呼ぶと、いっそう悔しげに顔を歪めていた。


犯すならやはりバックだ。

卓は四つん這いの明奈に自慢の巨根をねじこんだ。

白い背がしなやかに反りあがる。形のよい尻肉が強く押しつけられた。男から動かずとも子宮口に亀頭が当たる角度である。

「はんんッ！　ぁあああッ……！　犯されてるッ……最悪ッ！」

「すごい勢いで愛液があふれてきたけど？」

「ほんとうに最悪ね、あなた……！」

罵倒しながら尻を振って、みずから子宮口を押し潰そうとしている。

お望みどおり卓も最奥を集中的に擦り転がした。

「おグッ、これひどいッ、性格悪すぎッ！　んぎッ、ぁあああぁッ、おま×こ虐められてるッ、いやぁああッ……！」

明奈は喉を痛めそうな低い声で喘いでいた。凜々《りり》しくも涼やかな美女には似つかわしくない淫らで獣じみた声だ。山道に人がいればおそらく聞こえてしまうが、明奈も卓も気にしていない。行為に夢中だった。

（ちょうど裏筋に当たるところに大きめの粒がある……！）

子宮口を責めていると、小豆《あずき》のような襞粒が急所に当たるのだ。これがひどく気持ちよくて陶酔する。

「あっ、おッ、ほへぇえええッ……！」

その小豆は明奈にとっても弱い部分らしい。子宮口を突かずに擦ると、声から力が抜けて腰振りも小さな震えに変わる。

どう突けばいいのかだいたいわかった。

卓はやや前のめりになり、結合角度を調整して突き下ろす。

一撃が重く残るように、何度もくり返し、突く。

突きつづける。

「んぐッ、あへッ、おッ！　おぉおおッ、へひぃいい……おんッ！」

明奈の反応は期待通りだった。脱力した柔い声と息むような低い声が入り交じる。

ブルーシートを爪でかくようにつかみ、しきりに髪を振り乱していた。

Ｇスポット、小豆、子宮口が一直線に並んでいるのもいい。突きこみの重さは小豆でピークに達し、緩めることなく最奥を打つイメージだ。

「なんなのよもう、上手すぎでしょっ……！　どれだけ女遊びしたらこんなすぐ弱点わかるのよッ、ああもうッ、あおッ、へおぉおおおッ！」

「まだまだだよ。本番はこれから……！」

卓はがっちりと腰をつかんだ。八重はもちろん鞠子とくらべても細い。美麗に引き絞られて無駄な肉がない。

思いきり引き寄せながら、股ぐらを叩きつける。

どちゅどちゅどちゅ、と重さを保ちながら高速で責めた。

「えぎっ、おへっ、壊れるッ、ヤバすぎッ、くううぅう最悪最悪最悪ッ！」

明奈の腰尻が狂おしく暴れた。

肉壺も猛然とうねる。

白い首筋が赤くなり、汗が大量ににじみ出ていた。

「イッちゃったんだね、かわいい」

口の悪さに反して感じやすく脆弱《ぜいじゃく》な股穴だ。

これならいくらでもイカせられる。いくらでも弄《もてあそ》べる。

卓は継続して腰を遣った。

「待って、待ちなさいッ、んんんんッ！　イッてるでしょッ、わかんないのこの変態作家ッ！　イッてる、イッでるって言ってるのにッ、ひぃいいいいッ！」

バックでは顔も見えないが、さぞかし無惨に崩れていることだろう。背後から想像できる醜態に卓はますます猛った。

さんざん難癖をつけてきた面倒な女をやっつけているのだ。

ペニス一本で負かしているのだ。

（セックスってこんな感じの充実感もあるのか……！）

男のプライドが満たされ、際限なく昂揚していく。

「イグッ、イグぅうううッ！」

また明奈がオルガスムスに屈したが、なおも抽送は止まらない。

「ひっ、死ぬっ、ま×こ死ぬっ、ち×ぽでま×こ殺されるッ、んぅううッ、あへぇぇえッ……ぉおおおぉおおおッ！」

さらに何度も何度も法悦が重なり、明奈の声はじきに狂気じみていく。

憎悪と憤怒、そして泣き声と嬌声が入り交じった、歪み揺らいだ感情の闇鍋。比例して蜜の量も増していた。股はおろかふたりの脚までずぶ濡れだ。

「こんなに濡らしてッ！　淫乱女のくせに生意気ばかり言って！」

気がつくと卓は罵声を飛ばしていた。攻撃的で、怒りにも似た横暴な衝動が胸に渦巻いていた。

もっともっと乱暴に快楽を求めたい。

だから彼女の髪を手綱のように引っ張った。

「あはぁあッ！　鬼畜ッ！　外道ッ！　人間のくずッ！　レイプ魔ぁ！」

「レイプされてイキまくるメスブタがなに言ってるんだ！　適当にハメ潰されて中出しされるためだけにま×こついてるくせに！」

自分でも驚くほど最低な発言が口を突いて出た。そんな言葉で信じられないほど興奮したし、相手もおなじぐらい興奮していることが締めつけでわかる。

急速に灼熱の衝動が膨れあがり、尿道をせり上がってくる。

「いやあぁあッ、もういやぁああッ！　レイプでイキたくないッ、いやよぉおッ！」

「外でハメ捨てられる野外便器めッ！　たっぷり出してやるからな！」

「いやっ、いやッ！　ふざけないでッ、外に出してッ！　絶対にやめてよぉ！」

いやよいやよも好きのうち、とはこのことか。

卓は全力でペニスを最奥に叩きつけた。

絶対に抜かない意志を持って腰を擦りつけながら、達する。

射精した。

全身全霊で彼女を撃ち抜くつもりで、快楽の塊を放出した。

「はひぃいいいッ！　イグイグイグイグぅううぅうううぅうぅ！」

ひときわ大きな叫び声が山に響きわたる。

どこまでもどこまでも、山鳥の鳴き声のように遠く高く。

下の口も景気よく肉棒をしゃぶりこんでいた。出しても出しても精液が吸い取られるような心地で、卓は絶頂を満喫する。

（ここまでSっ気が強いなんて知らなかった……）

自分のなかにはまだまだ可能性がある。

そう思うと気分がよかった。

事後、絶頂の残滓《ざんし》も消えるころ、明奈はふっと平静に戻った。

苦笑いで気まずそうに目を逸らす。

「迷惑かけちゃったわね。本当にごめんなさい」

「あ、いえ、こちらこそ酷いこと言っちゃって申し訳ございません」

たがいに別人のように落ち着いて謝りあう。

「完全に嫉妬で八つ当たりだったけど……セックスは本当によかったわ。付きあってくれてありがとう、荻名先生」

「久石先生こそ、その……すごく素敵でした」

「犯し甲斐のあるマゾ豚だった？」

「いや、それは、その……」

卓が言葉を濁すと、明奈はくすりと小さく笑った。

「しばらくはここでキャンプするし、お風呂だけは四季宿あおいに入りにいくから、また時間があったら——ひどいレイプしてね」

どうやら乱暴なセックスがお気に召したらしい。

「そのときは喧嘩腰になると思うけど、大作家の余裕で勘弁してください」

「お手柔らかにお願いします……」

興奮したし気持ちよかったが、理不尽な難癖は正直困る。

そんなことを言葉にできない気弱さは、卓のなかにまだまだ存在していた。

第四章　乱れ咲く女体と腰振り小説家

執筆の調子が良いと欲が出る。

順調に書き進めつつも、ふと耐えきれなくなるのだ。

「序盤ちょっと書きなおそう」

とりあえず五十ページほど修正すると、中盤にも気になるところが出てきた。

直しても直しても切りがない。たちが悪いのは、それを厭《いと》う気持ちがないことだろう。欠点を削ぎ落としてクオリティを上げていく行為には依存性がある。さいわい長めに見積もってもらった締め切りにも宿泊費用にも余裕があった。

「まだまだいけるんだな、俺も」

最大の難関であった女性の描写もいまはスルスルと書ける。以前よりも生々しい女性を描けているという自信もあった。

うまく書けていると集中力もあがる。ただただ執筆に耽《ふけ》った。

「うふふ」

すぐそばで笑い声が聞こえた。

顔をあげれば、葵が夕食の膳を座卓に並べているところだった。

「あれ、女将さん？　なんで……」

「夕食はお部屋にと朝お伺いしましたので。いちおうノックしてお声がけしたら、しっかりお返事いただきましたよ？　どうぞって」

「完全に無意識でした……申し訳ない」

葵は口元に握り拳を添えてくすくすと笑う。上品な笑い方は母親に似ていた。

「お仕事に集中してるときの先生って、すごく男のひとですよね」

「そういうものですかね……？」

「ギラギラしてる……って言うと印象悪いかな？　でも私は好きですよ、ギラギラした男のひとって」

「いやあ……なんともはや」

卓は照れくささに頭をかき、誤魔化すようにノートPCを閉じた。

「今日の主菜は豚肉の生姜焼きです。ふつーの料理に見えるけど、母直伝で私が一番上手に作れるものです」

「今日は八重さんじゃなくて女将さんが作ってくれたんですね」

「ええ、腕を振るってみました。どうぞ、おあがりください。またあとで食器を下げにきますので」

葵は一礼して部屋を去った。

静まりかえった部屋で、卓は料理に箸をつけた。

豚肉の生姜焼きは絶品だった。そのほか諸々の副菜も美味。舌鼓《したつづみ》を打っていると執筆への集中も完全に途切れ、ひどくだらけた気分になる。

「葵ちゃん、しっかりしてるし料理もできるし、八重さんに負けず劣らず綺麗だし、絶対にモテるんだろうなぁ」

溌剌《はつらつ》として才気あふれる若女将。

温泉街のお偉方にも顔が利く地元復興の星。

荻名卓の情熱的なファンで、こっそり特別扱いをしてくれる美少女。

まるで春の太陽のように爽やかな存在感で、正直あまり性的な印象はない。それでも年齢からすれば異性経験はそれなりにあるだろう。

「女のひとだって性欲はあるもんだしな」

八重の血を引いているなら相当性欲が強くてもおかしくはない。

若女将としての清楚な表情も、少女のような明るい表情も、男と交わればきっと愉悦にとろけていく。八重のようによがり、乳尻を揺らし、何度も絶頂に狂う。

「あの葵ちゃんが……」

卓は固唾《かたず》を呑んで妄想に浸った。

なんとなく、今までは葵で淫らな想像をすることがなかった。する暇がなかったとも言える。八重たちと交合しっぱなしで、妄想に頼る必要もなかった。

だが、苦悩の原因だった執筆が好調になって心に余裕ができたからだろうか。集中力が切れた途端《とたん》、視野が広くなって葵によこしまな感情を向けてしまう。

熟した女と若々しい女の違いはいかほどか。

「葵ちゃん……」

股間が熱くなる。ほしいと思う。抱きたいと思う。

(いまの俺なら、もしかしたら)

ほかの女とおなじように葵も抱けるのでは？

ひどく下世話な欲望と願望が胸と腹で渦巻いていた。

「お膳を下げにまいりました」

ノックとともに声をかけられ、卓は慌てた。

「あ、はい、どうぞ」

急いでノートPCを開いて執筆しているフリをする。さすがに突然すぎて指が宙を泳ぐばかりだが。

「食べてすぐお仕事なさるのですね」

微笑みながら部屋に入ってきたのは葵でなく八重だった。落胆と安堵が入り交じるが、すぐに別の衝動が突きあげてくる。

膳に食器を載《の》せていく際、なにかと揺れる胸。

襟からのぞけるうなじと後《おく》れ毛。

漂う甘い匂い。女の体臭と化粧の芳香が混じった、男を誘うフェロモン臭。

(やっぱりこのひと、色っぽい)

熟女にしか出せない色気に股間がますますいきり立った。

「いまはどんなシーンを書いているのですか?」

「え、あ。ああ、小説のことですね」

何気ない一言に混乱したが、すぐに外面を温和な様子に取りつくろう。

「いまは主人公の女性が囚われているシーンですね。目隠しをされて、腕も縛られて、抵抗できない状態です」

「まあ……それはもしかして、卑猥なシーンですか？」

「いや違いますけど。普通にスリリングなシーンのつもりでして」

「あ、あら、ごめんなさい。わたくしったら、つい」

八重は頬を赤らめて目を逸らす。

どうやら頭が淫靡な妄想でいっぱいなのはお互いさまらしい。

となれば遠慮は必要ない。卒然と卓の心が逸《はや》りだす。

「ちょっと主人公の体勢とか確認したいので、協力していただけますか？」

以前なら絶対に口にできない要望だった。いまでも「なにを言っているんだろう」と自問自答したくなる。

「ええ、もちろん。わたくしでよければ」

心なしか八重の声には妙な期待感が含《ふく》まれていた。

「ではそこに正座したままで……ちょっと目を閉じてください」

「はい」

卓は浴衣の帯を外して、八重に目隠しをした。帯の長さを活用し、そのまま後ろ手に縛りつける。

「うん、ちょうどこんな感じのシーンです」

嘘である。本当は主人公は椅子に座らされているし、後ろ手に拘束しているのは指錠である。だが多少のズレにはこの際目を瞑《つむ》りたい。

肉感的な美人仲居が目隠しで縛られているだけで、ひどく悩ましい。目隠しと手首拘束をおなじ帯でしているため、自然と背が反っているのもいい。豊かな胸を突き出して主張するような体勢だった。

「和服だとすこしイメージが違うかな？」

「まあ、どうしましょう。いまから着替えるわけにもいきませんし」

「ちょっと失礼しますよ」

卓は八重に両手を伸ばした。

指先を左右の耳にかすらせると、彼女の体が微震する。

「んっ……」

耳から首筋に這わせると、腰がかすかにわななく。

「はぁ……先生……」

甘い声を聞きながら、襟の内側に手を差しこみ、左右へ押し広げていく。わずかずつだが和服が開き、大きなベージュのブラジャーが覗けた。

「あぁ、いやです、先生……今日の下着はあまり良いものじゃなくて」

「これもすごくセクシーですよ、八重さん」

八重ほど大きな胸となるとブラジャーの選択肢も多くないのだろう。年増女向けのベージュの下着はたしかに特別美麗な出来ではない。だからこそ八重の日常を感じる。そこに触れれば、彼女の日常を土足で踏み荒らすような昂揚感があった。

「あんっ……はあ……！」

フェザータッチで全体を撫でる。

あくまでやんわりと、敏感な中心を避けて、くすぐるように。

手首を使って襟をさらに開き、胸の全容を暴《あば》く。下乳を手の平で持ちあげると、相変わらずの重量感に思わず笑みが浮かんだ。

「このおっぱいも揉み慣れましたよ」

フェザータッチから優しい揉み転がしに手つきを変える。ブラジャーが浮いて素肌とのあいだに隙間ができるが、手を入れたりはしない。あくまで間接的な刺激。乳首も意識的に触れないようにしておく。

「あっ、んんッ、はあ……！」

八重はもどかしげに肉尻を揺らした。

「目が見えないとほかの感覚が鋭くなるって本当かな？　いつもよりお尻がいやらし

い動きしてるよ？」

「あぁん、意地悪です、先生……！」

「いつもより興奮して敏感になってるんだね、八重さん」

耳元でささやき、ブラ越しの乳輪を爪でなぞる。やはり乳首には触れないが、ブラを伝ってわずかな震動が伝わることだろう。

「はうッ、んっ、んんッ、あぁあッ……！」

「なにをしてほしいのか、ちゃんと八重さんの口で言ってよ」

ささやきながら、耳を唇で甘噛みしてみた。

「ふっ、ん！」

八重の腰尻が大きく弾んだ。

「言えよ、八重」

強い口調で鼓膜を震わせれば、八重は陶然と口を開く。

「乳首、いじってください……！」

「いい子だね」

卓はブラジャーのうえから乳首を引っかいた。

「はひッ！」

カリカリとつづけて引っかくと八重は壊れたオモチャのように震えあがる。

年長の女を思うままに感じさせて卓は上機嫌だった。

「このままイク？　イッていいんだよ？」

「だめっ、乳首だけでイクなんてっ、そんなみっともないこと……！」

「見せてよ、みっともなくイクとこ」

引っかきで完全に仕上がってきた頃合いで、ブラをたくし上げる。露わになった乳首は親指ほどにまで肥えていた。

つまんだ。

「あひぃ！」

八重は天井に頭突きでもせんばかりに跳ねた。

「もっと強くしても感じるんじゃない？」

指先で乳首をつねるようにして、肉房を持ちあげていく。巨乳の重みがすべて乳頭にかかっているが、八重は眉をひそめながらも喜悦に身震いしていた。

「たっぷり慣らしたから強くしても気持ちいいでしょ？」

「あぁ、ダメぇ……！　乳首、もう、もう……！」

そして背筋と首が反り返る。

「んあッ！　ぁあああぁああああーッ！」

絶頂の勢いで八重は床に倒れた。

卓はすかさず覆いかぶさり、さらに乳首を責め立てる。両手でひとつずつ、つまんで圧迫。ひねり、持ちあげ、痛苦寸前の強い快感を与えた。彼女の体が嫌がっていないことは反応を見ればわかる。

「ごめんなさい、許してくださいっ、またイッてしまいますッ……！」

「いいからイッてよ、ほら」

「ひぃいいいんッ！」

胸の突端だけで絶頂をくり返す熟女。

その哀れで官能的な姿に卓のなかの男も猛り狂う。

「そろそろ準備万端だよね」

着物と腰巻きをまくりあげれば、肉付いた太ももがぐっしょり濡れていた。

「いや、いや、見ないでくださいませ……！」

閉ざされた膝を力ずくで開かせれば、湿り気の源泉が露わになる。

恥毛に囲まれた赤黒い唇がくぱくぱと開閉していた。欲しくて欲しくて仕方ないと訴えかけている。いますぐにでもねじこんでやりたいが、まずは堪《た》える。

「あーあ、服まで濡れちゃってますよ」

「ぁあ、意地悪です、今日の先生はとびきり意地悪です……！」

「でも八重さんは意地悪されるのが好きですよね？」

八重にMっ気があることは以前からわかっていた。明奈と違ってM趣向では受け身なので、こちらから責めなければならない。

（こういうのは効くかな？）

以前、ネットで見かけたことのある行為を試してみた。

ぺち、と秘処を手の平で叩く。

「ぁあッ……！」

乳首つねりより軽めだが、確実に反応があった。

「ここにほしいんだろ？　だらしなくマン汁垂れ流してるこの穴に」

「いやです、叩かないでください……！」

「それは叩かれて濡れるのがみっともなくて恥ずかしいから？」

「やあッ、いやいやっ、恥ずかしいっ……！」

ぺちぺち叩かれるたびに秘唇が濁った露《つゆ》を漏らす。本気汁だ。本気で気持ちよくなって、さらなる快感を求めている証拠である。そしてその快感とは肉体的なものだけでなく精神的なＭ性感も含まれている。

「俺の手がこんなになっちゃったよ」

手の平を持ちあげれば、愛液の糸が大量に伸びた。目隠し中の彼女にわからせるため、頬に塗りつけてやる。

「あぁ……！　わたくし、こんなに濡らしていたの……？」

「八重は虐められて悦ぶ変態だからね」

「そんな、ひどいです……！」

母性的な彼女も魅力的だが、そんな彼女を貶《おとし》める興奮も確かにあった。

「もっとひどいことしてやるよ、八重」

耳元でささやいたときの反応は、いままで交わったなかでも彼女が一番大きい。顔を赤らめ、目を強く閉じて胴震いする。

卓は彼女を仰向《あおむ》けにし、片方の足首をつかんで思いきり持ちあげた。清楚な白足袋に対して、肉々しく美味しそうな太ももとふくらはぎがひどく淫靡に映る。もちろん中心の肉穴は濡れっぱなしだ。

下になっている脚をまたげば、松葉崩しの体勢になる。

「犯すぞ、八重」

「あぁあ、先生……！」

八重は開脚を強《し》いられて恥じらい顔を逸らしていたが、抗う素振りはない。後ろ手に縛られたままだから、ではないだろう。これから気持ちよくなれることは彼女がだれよりよくわかっている。

ぬめつく紅唇に、鋼《はがね》のごとく硬直した陰茎が突き刺さる。

「あんッ、ぁあぁあぁあッ……！　今日もこんなに大きいなんてぇ……！」

「おおっ、いつもより絡みついてくる……！」

肉厚な膣肉がしきりに蠢き、海綿体を揉み潰そうとしていた。ガチガチに膨張した男根は逆に秘処をかき分けて襞粒を押し潰す。

最奥までハメこむと、子宮口も準備万端で亀頭に吸いついた。

「はぁんッ……！　あぁあぁ、お腹の奥に先生を感じます……！」

「感じてるのは先生じゃなくてチ×ポだろ？　硬くて熱いチ×ポが好きで好きでたまらないんだろ？　ほら、ほら、ほら！」

卓は円を描いて熟膣をかきまわした。先端では奥口を擦り潰す動きで、絶え間ない喜悦を八重に味わわせる。

「ひっ、あっ、あッ、ああッ、あーッ！　ぁあああああッ！」

また八重が達した。弓なりに背を反らし、畳に爪を立てて快楽の波に耐えている。いや、耐えがたい法悦を堪能しているというべきか。

（もっともっと楽しませてあげよう）

卓は逸物を大きく前後させた。

角度を細かく変えて弱点を探す、鞠子直伝の腰遣いだ。

何度も交わってなんとなく把握《はあく》していた「感じやすい場所」を精密に探る。

「あんッ、ああッ、はぁあああああッ……あおッ！」

やはりGスポットと子宮口は感じやすい。もちろん人によって差異はある。膣の狭さや深さも、襞のつきかたもまったく違うのだから、性感帯も違って当然だ。

そんな差異を竿一本で突き止める手管を、卓は完全にモノにしていた。

「こうだね？」

Gスポットを押しあげつつ膣内を滑り、最奥を突く。基本の動きだ。

「はへっ！」

鼻から抜けるとびきりの淫声。想定内だがやはり昂ぶる。

徹底的に抜き差しした。

持ちあげたほうの脚を肩にかつぎ、テンポよく中へ、外へ。

絶え間なくよがらせ、嬌声をあげさせ、恥ずかしい言葉も言わせた。

「おま×こっ、おま×こが気持ちいいですっ！」

「ごめんなさいっ、おま×こゆるい女でごめんなさいっ」

「先生のおち×ぽ好きですっ！　おち×ぽの虜ですっ！　おち×ぽが一番好きな淫乱仲居でごめんなさいぃッ……！」

羞恥心が興奮を高めて感度も上昇させる。

八重は何度もオルガスムスに至った。

「あふっ、んあああぁッ！　おへっ、んぉおおおッ……！」

イクたびに喘ぎ声は低くかすれていく。獣の嬌声だが、年増女らしい下品さでなおのこと興奮を誘う。

「こういうのはどう？」

卓はたっぷりの乳肉を持ちあげ、前のめりに乳首を口に含んだ。

軽く歯を立てる。

「ひっ、おんんんッ……！」

「噛まれても気持ちよさそうだね？　もっと噛んであげるよ……」

「だめ、待っ、おへぇえええッ！」

軽くかじるだけでも尻肉を痙攣させて悦ぶ。

すこし強めに歯を立てても、存外に乳首の芯が硬いし、快楽反応も大きい。

「ぉおおおッ、乳首ダメっ、ダメになりますっ、んぉおおッ、あへっ、おんッ！」

目隠しされ、手首を縛られ、抗えない状態で男の好きにされる——マゾヒストなら頭がおかしくなるほど悦ぶ責めだろう。

(俺がこんなに女のひとを悦ばせてるなんて、夢みたいだ……！)

自分の成長に酔いしれ、卓の腰はますます加速した。

柔胸を揉み、乳首をなめて擦って噛む。

年上の女をもてあそぶ気分ではあるが、弱点を責めることも忘れない。むしろ弱点を責めることで八重が狂う様を楽しみたい。

「おかしくなりますッ、こんなっ、先生こんなに上手になって、おんんんッ！」

「ぜんぶ八重のせいだ……！　女の味を教えた八重が悪いんだ……！」

腰遣いにあわせて言葉で責めると効果が大きい。本音では感謝しかないのだが、いまは八重を被虐に染めあげるのが最優先だ。

案の定、彼女は膣をうねらせて歓喜する。

「んおっ、ああッ、わたくしのせいなら……！　どうか、折檻《せっかん》してくださいっ！」

「ああ、折檻してやる！　この淫乱女！」

卓は乳首を噛みつつ、他方の乳首を強くねじあげた。

「おンッ！　ぉおおッ、おっぱい死んじゃうっ、死んじゃいますぅううッ！」

何度目ともつかない絶頂に八重は腹を小刻みに屈伸させる。

畳のうえでさんざん乱れたせいで着物は大きくはだけていた。帯すらほどけ、ふくよかな体がさらけ出されている。

「まだだ、まだまだ……！　体中に教えてやる！」

白い乳肌にキスマークをつけると、八重はまた種類の違うよがり方をした。

「あぁああっ……！　跡は、つけないでぇ……！」

もちろん例のごとく口先だけの拒絶。肉壺はますます湿潤している。

卓はあちこちキスをして、ときには噛んだ。彼女が自分のものだという証拠を刻んでやった。若い女ならいざしらず年増女の肌では簡単に消えてはくれないだろう。だからこそ、なおのこと独占欲を満たしてくれるし、「だれかのモノになった」実感を彼女に与えるのだろう。

「はへっ、あひっ、ひどいッ、先生もうゆるひてっ、堪忍《かんにん》しへぇッ……！」

もはや八重は呂律がまわらなくなっていた。

実のところ卓も限界が近い。肉竿いっぱいに性感電流が荒れ狂っている。かと言って突然暴発するのも情けないので、適切な区切りが必要だ。

「じゃあ言えッ、この穴はだれのものだ！」

乳首をつねりながら言えば、八重は素直に答えた。

「荻名先生ですっ、先生に使っへもらうための淫らな穴ですッ……！」

「よく言えた！　ご褒美の時間だ！」

ピストン運動が加速した。

より速く、より強く、より小刻みに。

カリ首に直接的な刺激を与えて自分が気持ちよくなるための抽送。

狙いは柔らかくなった子宮口。連打しながら乳首を噛んでつねれば、八重の呼吸がどんどん浅くなる。

「はっ、あんッ、んおッ、おへっ、おんッ、おッ、おッ、あッ、おぉおおッ」

物欲しげに、彼女の口が開かれ、舌が伸びた。キスを求めているのだろうが、ふと、快楽で濁った卓の思考に閃きが走る。

「ペッ」

ツバを口に吐きかけてやった。

「あぇッ……！　あんんんッ、んぉおッ、あおお……ッ！」

舌でツバを受け止めた瞬間、八重の恥辱と被虐が頂点を極めた。

彼女がのけ反り痙攣すれば膣肉もまた震えながら男根を締めつける。強すぎず、なめしゃぶるように絡みついてくる。熟した女の穴ならではの優しくも淫猥《いんわい》な動きに、卓はとうとう爆発した。

「うッ……！」

頭のなかが白むほどの勢いで射精した。

出している最中、子宮口が亀頭に吸いついて精子を飲んでいた。

八重は焦点のあわない目で、とろけた声を恍惚《こうこつ》と垂れ流す。

「先生、すてきぃ……ぁあ、だめっ、だめになってしまいましたぁ……こんなの、はじめてです……おっ、んッ」

はじめて自分に女を教えてくれた女性に、新たな快楽を教えることができた。

これが自分なりの恩返しだとすれば、少々やりすぎの感もあるが。

彼女の口に指を突っこみ、しゃぶらせてみると、細かい疑問も愉悦に消えた。

十五分ほど休憩してから、八重は回復した。

何事もなかったかのように着衣の乱れを直し、一礼して部屋を去る。

「今宵もありがとうございました」

「いや、そんな。こちらこそすごく……その、よかったです」

卓も頭を下げた。

一息つくと、喉がひどく渇いていることに気付く。冷蔵庫にはビールがあるが今夜は避けたい。アルコールが入ると筆が乱れるかもしれない。

部屋を出てロビーに降り、ドリンクの自動販売機でコーラを買った。

「まだこれからお仕事ですか？」

背後からの声に振り向くと、若女将がにっこりと笑っていた。溌剌と元気な笑みだが、さり気ない上品さに八重の面影がある。ついさきほどまでの行為を思い出してしまうが、卓は取り乱さずに応対した。

「ええ、まだまだ書きたいものが書けてませんから」

「調子、よさそうですね」

「おかげさまで」

お母様の献身のおかげです、とはさすがに言えない。

「私にできることがあればなんでも言ってください。荻名先生にお力添えできるなら一肌も二肌も脱ぎますから！」

「一肌も二肌も……」

「はい、ご遠慮なさらずお申し付けください！」

実際に服を脱ぐわけではない。そう考えてはいてもドキリとするセリフだった。

でも、もし、服を脱いでするような行為をできるとしたら。

母親とおなじようなことを、若々しい娘とできるとしたら。

「それでは俺は仕事に戻りますので、失礼します」

「はい、お疲れ様です、先生」

卓は足早にならないようゆっくりと階段を登っていく。

彼女の性を強く意識したことに奇妙な罪悪感が湧いてきた。


若女将とひとつ屋根の下で母親に手を出すのは、少々気が引ける。今さらながらにそう思い、翌日は旅館での行為を控えることにした。

それでも股ぐらはいきり立つ。

一肌脱いだ若女将を想像して興奮してしまう。

卓は昼食を近所の定食屋で取り、その脚で山中に入った。

「明奈、いる？」

呼び捨てしてみるが嫌悪の声は返ってこない。

キャンプはまだ撤去されていないので家に帰ったとも思えない。

枝葉で作られたシェルターを覗いてみると、紙切れに石が乗せられていた。風で飛ばされない工夫だとしたら、だれかに見せるためだろう。

確認してみると簡単な地図だった。

キャンプから奥に入った場所に温泉マークがついている。

「なるほど……」

卓は地図に従って歩いてみた。

程なくして、茂みの奥に立ちのぼる湯気が見えた。

「明奈？」

「なによ、また犯しにきたの？　このケダモノ」

茂みを越えると、およそ三メートル四方の温泉が現れた。人工的に配置したと思《おぼ》しき岩の湯殿に白濁した湯が溜まっている。

明奈は対岸で岩に背を預けて胸まで湯に浸かっていた。

「こんなところに温泉あったんだね」

「地元の人間しか知らない秘湯よ。若女将がここを清掃する条件で、キャンプの許可をもらってくれたの。ついでに入っていいって言われてね」

温泉の脇には簀《す》の子《こ》が並べられ、そばには掃除用具一式もあった。明奈の服は近くの木の枝にかけられている。

卓も服を脱ぎ、枝に引っかけた。

「入るならちゃんと汗と汚れを流してからにしてよ」

返事をするまでもなくそのつもりだった。さいわい手桶もあるので、まず頭を流し、体を流し、それから湯に入る。

「本当に女がいるのに無遠慮に入るのね」

「だっていまさらだし」

「ずいぶんと図太《ずぶと》くなったわね。ちょっと犯してよがらせたぐらいで自分の女とでも思ってるわけ？」

明奈は白い目をしていた。彼女の言葉にも一理ある。彼女との行為を通じて肝《きも》が据わったのも事実だ。浅城にきた当初の卓であれば、秘湯への地図を見てもきびすを返していただろう。

しかし今の卓は力強く温泉を歩き、堂々と明奈のとなりに腰を下ろせるのだ。

「いくらなんでも馴れ馴れしすぎない？」

「そっちこそ……いきなりこれは、どうなの？」

予想外の不意打ちだった。

湯のなかで逸物が握られたのだ。

「凶器は押さえておかないと、なにされるかわからないじゃない」

美人の皮肉っぽい笑みはひどく挑発的で腹立たしい。

負けじと卓も手を出した。

「そっちこそ凶器を握ってこんなにしてるじゃないか」

彼女の股に指を突っこむと、すでにしっかり濡れていた。出し入れしてもなめらかに動く。彼女の唇が閉ざされ、くぐもった声が切なげに漏れた。

「んっ、ふぅ、ぁうっ……！」

当然のことながら、彼女も男根をしごいてきた。

「くっ、うぅ……」

たがいに湯の中で秘処をいじりあう。

双方とも相手の弱い部分はわかっている。直接的に責めることもあれば、あえて外して焦らすこともあった。そうして興奮を高めていく。

明奈が睨みつけてくるのも今は心地良い。

「ガマンできなくなってきた」

卓は立ちあがり、温泉の縁の石に腰を下ろした。明奈とおなじ土俵で戦う必要などないと気付いたのだ。

彼女の頭をつかんで股ぐらに引き寄せ、顔に亀頭を擦りつける。

「あっ、この、汚らしいものを……おぐッ」

やけに大きく口を開いて罵ってきたので、ねじこんでやった。マゾ女の大好きなイラマチオだ。

そのまま頭を押さえつける。

喉を亀頭で突き、ぬめついた粘膜の熱さを満喫。

「ふう、気持ちいい穴だな」

「んぐっ、ふぅううッ、ふーッ、んーッ！」

明奈の顔が湯あたりしたように赤らんでいく。気道を塞がれて呼吸できないのだから当然のことだが、なおも睨みつけてくるのは大したものだ。

Mであっても八重とは種類が違う。その違いを突くのが鞠子直伝である。

「明奈の口は悪口言うよりチ×ポしゃぶってるほうがお似合いだな」

罵声を返しながら頬を平手で打つ。痛みを感じない程度の弱さだが、かえって侮《あなど》られている感が強まるだろう。明奈好みの屈辱のはずだ。

「んんんっ、んーッ……！」

上目遣いに睨みつけてくるのも、あくまで喜悦に身を震わせながら。

「ほんとうに生意気な顔してるなあ。男悦ばせるための便利穴のくせに」

頬を叩き、髪をつかんで頭を揺さぶり、何度も喉を突いてえずかせる。ただ苦しめているだけのようで、適度に喉を開放して呼吸させる行為でもあった。明奈も的確に酸素を取りこんでいるらしく、顔色がほんのすこし落ち着く。

「あー、気持ちいい。この穴、適当にコキ捨てるのにピッタリだな」

「おぐっ、んおッ、おんんんッ！」

明奈がうめくたびに口内が蠢いてペニスに刺激が生じる。抽送の摩擦もあって、海綿体がジリジリと焦《こ》げついていく。行為が激しいぶん、男側の限界も早々に来てしまうのがハードプレイの難点だ。

「じゃ、出すよ」

「ぐむぅううッ……！」

どうでもよさそうな口調で明奈のプライドを傷つけて、己を解放する。

同時に左脚を彼女の後頭部に巻き付けて押さえつけた。くるぶしを右膝に置いて力をこめれば、もう彼女の意志ではイラマチオから逃れられない。

卓は尻からペニスへとこめていた力を抜いた。

たちまち熱濁が尿道を突き抜けた。

悦楽の波が爆《は》ぜ、粘っこい男汁が濡れた喉奥を滅多打ちにする。

「おぼっ！　ぐむっ、んぉおおッ……！　おぐっ、んぐっ、ぐきゅっ……！」

明奈はむせながらも精子を飲んでいた。やはり慣れている。

「あー、喉の動きいいなぁ、チ×ポを気持ちよくすることだけは本当に天才的だな」

粘膜の蠕動に包まれて、肉棒が次々と濃いエキスをほとばしらせていた。

至福の時間を美女の口内ですごし、卓は深く嘆息する。

「はー、お疲れさん」

射精が終わり、脚をゆるめるついでにまた頬を一発叩いた。

「んっ、ふう、げほっ、げほっ……最低ッ……！」

強烈に睨みつける明奈だが、口の端からだらしなく白濁が垂れていた。

付け加えると、乳首も痛いほど勃っている。

それらを見れば卓の股間も萎《な》えることなく隆起を保てた。温泉に脚をつけているので血流が活発化しているためかもしれない。

「で、明奈はどうされたいの？」

小馬鹿にしたように言い、乳首をつまむ。八重にくらべると小粒だが、しっかり捉えてひねりあげた。

「ひっ、んんッ……！　どうもこうもないわッ……！」

「下の口も使ってほしいんだろ？」

「んっ、んおッ、おぅうッ」

乳首をひねるたびに声が跳ねて面白い。

このままいたぶりながら焦らしてみようかと卓は考えた、のだが――。

「湯加減はどうだい、石川さん」

茂みの向こうからしわがれた男の声が聞こえ、ふたりは硬直した。

「えっと、上条《かみじょう》さん？　温泉まわりのお掃除なら終わりました」

「ああ、ありがとさん。浸かってるんじゃないかい？」

「え、ええ、いただいてます」

「うちの秘湯、悪くないだろう？」

どうやら山と秘湯の持ち主らしい。声と喋《しゃべ》り方からして、以前明奈のキャンプを咎《とが》めた老人だろう。あのときと違って言葉遣いが穏やかで優しい。筋さえ通せば気前のいい人柄なのだろう。

ただ、あまりにもタイミングが悪い。

「あの、良いお湯なのですが……いま、入っていますので……」

「ああ、だいじょうぶ。こっからは見えんから。山菜取ってるだけだから。ちょっと頭は見えたけど、湯に浸かってりゃ見えんから」

明奈がしゃべっているあいだに、卓は湯に体を沈めていた。

本当は逃げ出したいが、湯から出ると茂みから頭が見えてしまうかもしれない。明奈との逢瀬《おうせ》を知られて困る理由もないが、生来の気弱さが触発されてしまった。

なのに明奈ときたら、上条老人と会話を継続しながら攻めてくる。

「新しい簀の子は置いておいていいんですか？」

などと問いながら、ペニスをしごいてくるのだ。

「いや、簀の子はあとでうちに返してくれ」

「普段は、この温泉を使うひとが自分で用意するわけですね」

最初の動揺もどこへやら、平然と会話を重ねて手淫する。口から漏れていた白濁をなめとる仕草が艶めかしくも挑発的だ。

――こんな状況で手を出す度胸はある？

そう目が語っていた。

いまの卓には火に油である。性的興奮と温泉の熱さで頭に血が上っている。

いきなり明奈を抱きかかえた。

「きゃっ……！」

「どうかしたのかい？」

「いえ、なにも」

平静を装う明奈を湯の浮力を借りて自分の股に座らせる。背面座位の体勢だが挿入はしない。後ろから秘処に手をまわし、中指と薬指を挿入した。

力はこめるが出し入れはしない。指の腹でＧスポットを圧迫する。

「んっ……！　ふっ、ぅう……！」

明奈は歯がみをして声を押し殺していた。茂みの向こうからはいまだに物音がしているので油断はできない。だからこその責め時だった。

中指と人差し指を付け根から屈伸させる。Ｇスポットを揺さぶるようにすると、明奈の白い首筋が震えた。

まだまだ攻勢は終わらない。親指の腹をクリトリスに添え、優しくこする。

「んんんッ……！　んーッ、ふーッ、ふーッ……！」

責め方自体はソフトだが、性感帯への刺激としてはベター。確実に女の神経を蝕《むしば》み、愉悦に溶かしていく。

「ああ、そうだ石川さん、あんたムカゴいるかい？」

「んぅうッ……いえ、結構です、んっ……！」

「せっかく山ん中でキャンプしてるんだから、食料も天然ものがいいと思ったんだがね。キノコはいかんよ？　毒キノコの見分けは難しいからね」

「ええ、それは、はい、そうですね……くっ」

はっきりしない回答は彼女らしくない。それだけ余裕がないのだろう。

狙い目だ。

卓は指を抜いて、かわりに竿先を秘処に押し当てた。

「あぅ……！」

明奈は息を呑んだ。第三者がいる状況ではさすがの彼女も罵声は飛ばせない。

「ぶち犯すぞ」

卓は耳元で小さくささやき、思いきり肉棒を差しこんだ。

「うッ、ぐうううッ……！」

「んん？　石川さん、どうかしたかい？」

「な、なんでも、ありませっ、んんうッ……！」

誤魔化そうとしても散発する喘ぎは押し殺しきれない。卓の抽送は初《しょ》っぱなから激しく、弱点も容赦なく突き、擦っている。

前戯で感度をあげた甲斐もあり、快感は相当に大きいはずだ。とうとう明奈は手で口を塞ぎだした。睨みつけてくる目は隠しようもなく潤んでいる。

(とはいえ、俺もかなり気持ちいいなぁ)

やはり明奈の膣内は具合はいい。子宮口を突くたび裏筋に当たる小豆がたまらない。病みつきになって突いてしまう。

腰遣いが激しくなり、水面にしぶきが飛んだ。ピシャピシャと騒がしい。

「はしゃいでるねぇ。山奥の秘湯ってのもいいもんだろう」

「え、ええ……んっ、ぐっ、ぐぅ」

声を抑《おさ》えようとしているためか、低いうめきばかりが出ていた。言ってみれば女らしくない、惨めなぐらいの発声である。みっともないことをしている自覚があるからか、秘処はますます濡れそぼり、裂けんばかりに脈打つ。

実のところ、声を抑えているのは卓もおなじだ。

歯がみをし、尻に力を入れて、声と暴発をせき止めていた。

だがそれも限度がある。すでに爆発寸前でペニスが痙攣していた。

「ううーん、この年になるとさすがに腰にくる！　そろそろ帰るかあ」

上条老人が声をあげた。

ここぞとばかりに卓はラストスパートをかけた。

「あ、おつかれさま、ですっ……！」

明奈はとうとう指を噛んだ。そうしなければ耐えられないと思ったからだろう。

卓は最後の力を亀頭にこめた。

「いけッ……！」

渾身《こんしん》の力で突きあげる。

子宮口を叩きつぶす。

同時に鈴口の力を抜き、煮沸した男汁を解き放った。

「それじゃあ石川さん、ごゆっくりね。お掃除ありがとう」

「んッ、んんっ……！　んーっ、んふぅうぅッ、おつかれさま、ですぅ……！」

明奈はプルプルと震えていた。

下腹を中心に、形のよい胸が、女性にしては広めの肩が、細い首が、長い脚が、締まりのよい膣が。オルガスムスの発露に震えている。

「ふぅ、気持ちいいっ……すっごい穴ッ……！　コキ捨て穴ッ……！」

卓も中出しを堪能した。

上条老人の足音が遠ざかっていくのも聞いたので、徐々に声を大にしていく。

「はあ、すさまじく濡れてたなぁ。人前で犯されるのってメスブタ的にそんなに興奮するものなの？」

「聞き方が気持ち悪い。あんたもう感性がオッサンになってない？」

「そこらの熟女よりよがり散らす淫乱に言われたくないな」

「強姦魔、死ね」

明奈と罵《ののし》りあうのも慣れた。彼女が不機嫌そうに睨みつけているのも表面だけ。イキ終えた膣は幸せそうにゆっくりと痙攣している。

しばらくは繋がったまま温泉に浸かっていたいと思った。

茂みから可憐な面立ちが覗かなければ。

「あ」

「え」

「あ、ごめんなさいっ。申し訳ございません、つい……!!」

唖然とする卓と明奈に対し、四季宿あおいの若女将はそそくさと立ち去った。

卓は肩身が狭い思いで旅館に戻った。

「おかえりなさいませ、先生」

会釈で迎えてくれる八重を正面から見ることができない。

「女将さんはどちらに？」

「さきほど帰ってきました。いまはどこかしら？」

首をかしげる八重にこれ以上聞いても墓穴を掘りかねない。卓は会釈を返して二階の部屋に戻ることにした。

タイミング良くというべきか悪くというべきか、葵とばったり出くわした。

「先生、お帰りなさいませ」

若女将は何事もなかったかのように笑みを浮かべている。実際には一瞬顔を出しただけで、状況はまったく把握していないのかもしれない。

「どうも、さきほどは……どうも」

掘り下げるとやはり墓穴を掘ることになりそうなので、卓は曖昧《あいまい》に誤魔化した。

「先生は石川さまとはお付き合いなさっているので？」

「え、いや、それは……」

確実に見られていた。なにをしていたかも多分、把握されている。

「最初は母とお付き合いするつもりかとも思ったのですが……そういうわけではないのですよね？」

一瞬で卓の口内が砂を詰めこんだように乾く。

押し出す言葉も苦鳴じみていた。

「ご存知だったので……？」

「もちろん他言無用は心得ております。お客さまの秘密は厳守させていただきますのでご安心を。とはいえ……さすがにお声が大きすぎです。いえ、先生でなく母ですけど。娘としては聞いていてあまり嬉しい声ではありませんでしたね」

苦笑する若女将に、もはや卓は言葉もない。

もうこの旅館にはいられない。

今すぐにでも出ていきたい気分だった。

「あ、もし石川さまとも母ともお体だけの関係でしたら……」

「はい、なんでしょう」

卓は直立不動でかしこまった。

「明日、デートに付きあってくれませんか？」

「はい。はい……はい？」

直立不動のまま、言葉の意味がわからず問い返した。

第五章　巨乳若女将の誘惑デート

待ち合わせ時間は午前十時三十分。

場所は浅城温泉駅前広場。天狗モチーフのマスコットキャラ看板の前。

卓は三十分前に到着し、落ち着かない気分を味わっていた。

はじめてなのだ。デートというものは。

（セックスはここに来てから散々してるのに……）

完全に順序が逆である。そこまで歯車のずれた生き方をしていたのだろうか。嘆息してしまうが、さほど気鬱なわけでもない。

むしろ昂揚していた。

セックスとも違う期待感に胸が高鳴っている。

「若女将とデートか……」

四季宿あおいの看板娘であり、いまや浅城温泉の顔でもある女性。なにより容姿が整っている。初デートの相手としては最高と言ってもいい。

問題は、なぜ彼女が突然デートを提案したかだ。

しかも自分の母親ふくめ複数の女と同時に関係を持っている男に。

意図が読めない。緊張して喉が渇く。自販機で買ったミネラルウォーターをちびちび飲んで時間を潰す。スマホで電子書籍を読もうとも思ったが集中できない。いつ彼女がやってくるかわからなくて、あちこちに目を向けてしまう。

「わっ」

突然の声は背後からだった。

「わあっ！」

肩を弾ませる卓に、後ろの彼女は楽しそうな笑い声をあげた。

「お待たせ、卓さん」

振り向けば駅を背景にして絵になる美少女がいた。

「葵ちゃん？」

「はい、葵です。お待たせしました」

いつも通り溌剌とした笑顔だが、普段よりも無邪気な印象が強い。

服装も和服ではなく洋装、しかもずいぶんと目立つデザインだ。

灰色がかったピンクのブラウスに黒のミニスカート、白の短いソックス。どれもフリルがあしらわれて可愛らしい。底の厚い黒ローファーも少女的な印象が強い。髪を左右ふたつにくくるツインテールがダメ押しだ。

「その服、地雷系ってやつかな」

「ですね。こういうの好きなんですよ」

フリルや黒の多用など、傾向としてはかつて流行《はや》ったゴスロリに近い。よりカジュアルで街に馴染みやすく軌道修正したデザインかもしれない。古びた観光地では少々浮いてしまうが、東京なら珍しい格好でもない。

「似合ってる」

「ふふ、ありがとうございます。がんばってきてよかったぁ」

「こっちこそありがとう。俺なんかのために、がんばってきてくれて……」

「はい、卓さんのためにメイクもばっちり決めてきました！」

やはり笑顔が普段より無邪気で、少女感が増している。仕事とオフの切り替えが上手いのだろう。表面上の印象は幼くとも、そういう部分は大人である。

「たしかに、うん、メイク、可愛いと思う」

卓の声がすこし上擦る。緊張はさらに強くなっていた。

メイクは目を大きく見せるもので、やはり幼い印象が強いかもしれない。

それでも子どもではないと主張する部位がワンポイント。

バストが愛らしいブラウスを無遠慮に張りつめさせているのだ。

構造的に和服よりも丸みが目立つ。胸元の黒いリボンが胸の丸みに乗って立体感を強調していた。母親と違って背が低いのでなおのこと大きく見えるかもしれない。意識して目を逸らさないと凝視してしまう。

「こういう今時の子も観光にきてくれると嬉しいんですけどね」

「やっぱり今時の子って発育も……ああ、いや、違う。服とメイクね。うん、わかる。わかってるよ、地雷系とか着てるような子も気軽に来てくれるといいね」

「いま胸見てましたよね？」

「いや、違……わない、ごめんなさい」

素直に謝る卓の顔を、葵が真顔で覗きこむ。

しばし無言で見つめてくる。

空気が重たくなり、卓が死んでしまいたくなった頃合いで、

「やっぱり卓さんってHなんですね」

葵は悪戯っぽく笑って、卓の腕にしがみついてきた。

柔らかなバストに腕が沈み、卓は緊張のあまり背筋をピンと伸ばす。

「そんなに硬くならないで。今日はデートを楽しみましょ？」

「いえ、べつに、平気です、はい」

「デートコースは私で決めちゃったけど、いいかな？　その様子だとエスコートは無理そうだし。年下に引っ張られるのは嫌だったりします？」

「お任せします」

「はーい、それでは浅城温泉に一名様ご案内！」

かくして腕と胸に引っ張られてのデートがはじまった。


葵の考えたデートコースはおおむね観光案内だった。

まずは浅城の中央を流れる川に沿って歩き、山を指差して昔話を語る。

天狗と修験者の知恵比べ。負けを認めた天狗が温泉を掘り当てたのが観光地のはじまりだとか。その天狗をモチーフにゆるキャラを作ったのが十年前。

「駅前の看板のアレですね。テンくんって言うんです」

「着ぐるみとかはないの？」

「川に落ちちゃって、カビが生えてダメになっちゃいました」

「着ぐるみは管理が大変っていうからね」

「さすがにあのときはお母さんにも叱られちゃったなぁ」

「葵ちゃんが落としたんだ？」

会話を交わしながら歩き、表通りの土産屋に入る。そこで紹介された浅城温泉名物が天狗こけし。股間に突起状の物が生えている。

「これって安産祈願？」

「バブルのころ団体客さんが面白がって買ってたそうです」

土産物屋の裏手にある天狗こけしの製作小屋にも案内された。老齢の店主夫妻が長年作りつづけているのだという。ちょうど旦那さんが旋盤を使ってこけしを削っていた。口の曲がった偏屈《へんくつ》そうな老人だが、葵を見ると目を細める。

「葵ちゃん、いらっしゃい。そちらが例の？」

「はい！　大先生です！」

「いや、大先生なんて大したもんじゃなくて……」

「先生の映画、見たよ。役者がいいね。フジナミは今でも映画の神様だよ」

「あ、はい、藤波監督には素晴らしい演出をしていただきました」

老人は満足そうにうなずいていた。

その後も名物名所を案内され、腹が鳴ったころ定食屋に入った。表通りではなく、すこし裏にまわったところにある地味な店だ。

「先生、好き嫌いはあります？」

「外国の発酵食品とかは口に合わないことがありますね」

「なら私が注文しちゃいますね。おばちゃん、例のアレふたり分お願いします」

葵は奥の席に卓を連れてくると、自分は下座についた。

卓は上座。

雑談を交わして待っていると、じきに料理が運ばれてきた。

鍋だった。

赤々とした肉を中心に野菜や山菜、コンニャクなどが入っている。

「これは……豚肉？」

「猪です。先日取れたばかりのものを用意してもらいました」

「ぼたん鍋かぁ。はじめて食べるよ」

「なんと栗ぼたん鍋です」

言われてよく見てみれば、たしかに栗が入っている。甘く濃厚な香りに胃が触発されて、ぐうと鳴った。

鍋は美味だった。猪肉の野趣と栗の甘みが存外に合う。

デザートのマロングラッセも絶品である。

「ごちそうさまでした」

手を合わせて感謝を示すのは、偶然にもふたり同時だった。

顔を見あわせて小さく噴き出す。実にデートらしい状況に胸がときめいた。

定食屋を出て、今度は山を登って神社参り。

山から降りるころになると卓の顔に疲れが出ていた。

「あらら、卓さんってやっぱり運動不足？」

「筋トレはしてるんだけど、外を歩くことは人より少ないかも」

「じゃあ足湯とかどうですか？」

葵のすすめに従い、表通りの旅館の有料足湯に入ってみた。源泉掛け流しの湯に足を浸していると、血行がよくなって足の疲れが取れていく。

「元気出てきましたか？」

「そうだね。これならまだまだ歩けると思う」

せっかくのデートをもっと楽しみたい気持ちが卓にはあった。

実際のところ、可愛い女の子に観光案内されているだけである。腕を組んで歩く以外に艶っぽい雰囲気はいまのところ、ない。

けれど、葵の案内と紹介には地元愛が感じられた。

「葵ちゃんは本当に浅城が好きなんだなぁ」

「えぇー？　なんですか、いきなり」

ふと漏れ出した言葉に葵は頬を赤らめてはにかむ。

「情熱に裏打ちされた知識っていうのは、語りを面白くするからね。葵ちゃんの浅城トークは聞いてて飽きないんだ」

「そうかな？　そうだったら嬉しいです」

葵の観光案内はそれからすこし早口になった。

三時のおやつは喫茶店のモンブラン。もちろん葵のおすすめだ。

「もしかして栗好き？」

「旬ですから」

「俺もモンブラン好きだよ」

「おそろいですね」

満面の笑みでモンブランを頬張る葵が五割増しで幼く見える。

素敵な女の子だと思った。性欲だけで繋がってきた他の女性と違い、葵との時間は多様な充実感がある。

敷山葵をもっと知りたい。

体でなく彼女の精神性に対して、卓は強い興味を抱いていた。

喫茶店を出ると、葵は卓の腕にしがみつかず、一歩前で振り向いてきた。

「次は秘密の場所にご案内します、荻名卓先生」

「葵ちゃんが秘密って言うぐらいだし、よっぽどすごいところかな」

「それも秘密です」

ウインクを飛ばす茶目っ気もいい。胸がほんのり温かくなる。

(もしかして俺、本当に好きになってきた……？)

恋、という言葉が脳裏によぎる。

なんだか年甲斐がなくて気恥ずかしかった。

連れてこられた秘密の場所は旅館だった。

表通りの目立つ場所に立てられた和風建築。広さにして四季宿あおいの三倍ほどはあるだろう。

ただしひとけはない。

駐車場は鎖で閉鎖され、正面入り口の磨りガラスからは灯《あか》りが見えない。

「もしかして、もう廃業してる……？」

「いちおう休業中です。裏まで来てください」

「勝手に入っていいの……？」

「休業中の管理は私が任されてるんです」

建物を迂回して、裏口から旅館に入った。

表からは灯りが見えなかったが、実際には常夜灯がついている。窓から差しこむ日光もあるので視界に困ることはない。ただ、ひとけのない旅館でこの薄暗さはホラー映画じみている。卓はホラーがあまり得意ではなかった。

「卓さん、もしかして恐い？」

「あー……正直、ちょっと不気味だよね」

「じゃあ、またこうしますね」

葵はふたたび卓の腕にしがみついてきた。現金なもので、女性の体温を感じただけで恐怖よりもときめきが勝る。

しがみつかれたまま、薄暗い廊下を歩いていく。

「バブル期はかなり大手の企業さんが旅館まるごと貸切で慰安旅行にくることもあっ

たそうなんです。そういった企業さんも潰れたり、潰れなくても慰安旅行の予算が出なくなったりで、結果的にこうなったわけです」

「一時期は浅城全体がこういう雰囲気だったんだよね？」

「はい、どんよりしてました。そういうのが嫌だって人たちががんばって、私も影響を受けて、最近なんとか持ち直してきたところかな」

デート中、何度も観光客らしき人々とすれ違った。当初閑散としている印象だったのは卓の色眼鏡である。無意識のうちに東京の人混みと比べていた。もっと言えば、人混みが苦手なので人の気配から目を逸らす習性すらあった。

だが浅城に長期滞在し、葵の観光案内も受けて、卓の心構えも変わった。

「大繁盛とはいかなくても、それなりに人は来てるよね」

「行楽シーズンではあるけど長期休暇でもない時期だし、まずまずといった成果ですね。ここまで持ってくるの、けっこう大変だったんですよ」

「葵ちゃんはすごいね。まだ若いのに観光地の復興の中心になってて」

「私はただの客引き看板ですから。本当にがんばってるのは地元のみんなです」

周囲を持ちあげるための謙遜《けんそん》も好感が持てた。

本音かどうかはわからないが、いまは彼女の言葉と誠意を信じたい。

純粋で無垢な善意の塊だとすら感じはじめていた。

「卓さん、見てください。バーがあるんですよ」

廊下の脇に小さめだが酒の並んだ棚とカウンターがあった。ここだけは薄暗い照明で逆に雰囲気が出ていた。

葵がスツールに座り、卓をとなりに招く。

ふたりは棚の酒には手をつけず、道中で買ったペットボトルのお茶を飲んだ。

「私まだお酒が飲める年齢じゃないけど、卓さんはいける口なんですよね？」

「普段はビールかチューハイだけど、冬に熱燗《あつかん》を飲むことはあるよ」

「けっこうおじさん臭いんですね」

「それはけっこう傷つく……」

「いいじゃないですか、おじさん。卓さんっておばさん好きなんでしょう？」

卓はお茶を吹き出しかけた。

「海江田さんとか石川さんぐらいなら年上のお姉さんで通用する外見だけど、うちのお母さんとか完全におばさんですよ？」

「い、いや、八重さんもお若いと思うけど」

「そうかなぁ。娘目線だとけっこう年齢感じちゃうけどなぁ」

葵は頬杖をつき、からかうように目を細めていた。

「やっぱり男のひとって母性がほしいの？」

「母性は、そりゃまあ、あったら嬉しいかもだけど、必ずしもそうじゃなく……」

「女のひとに甘えたい？」

卓が返事できなかったのは、それが図星だと本能的に感じたからだ。

たぶん本音のところで、卓は女性に甘えている。

八重や明奈に向けた嗜虐的なプレイは、相手のM性を満足させるため——という建前だが、秘めた欲望を全力でぶつけたい気持ちもある。受け止めてもらえたときの喜びは射精の快感に勝《まさ》るとも劣らない。

「胸が大きい女性は母性本能が強いって言いますよね」

葵はにんまり笑うと、腕で胸を下から押しあげた。ブラウス越しの双球がたわわに歪《ゆが》んで柔らかさと重さをアピールする。男ならだれでも顔を埋めたくなるボリュームだった。ますます卓はなにも言えなくなる。

「卓さん、うちに来たばかりのときみたいな顔してる」

「あ、いや……それは、まあ、ちょっとね」

卓はしどろもどろになって目を逸らす。頬が熱い。

「かわいい」

ちょん、と頬を突っつかれた。

完全に年下扱いだが、屈辱よりも嬉しさ半分の羞恥に縮こまってしまう。

「かわいい年上って好きなんです」

膝と膝がこつんとぶつかる。葵はスツールを回して卓と向きあっていた。

「母性的な年下は嫌い？」

「嫌いじゃ、ない」

「背が低い女は嫌い？」

「それも、嫌いじゃない」

「えっちしたいって思う？」

畳みかける質問に卓は発汗を止められない。

喉が渇いて、お茶を飲み、なお口が硬くなって回答できない。

葵も頬を赤らめてはいるが、口元の笑みはいまだに悪戯っぽい。小悪魔の笑顔だ。

利発な若女将の顔とも、無垢で元気な少女の顔とも違う。

(でも、すごく可愛い)

もはや葵がどんな顔をしてもときめきを止められないのではないか。幸せな甘い泥沼に沈みこむ心地である。

「じゃ、訂正。キスはしてみたい？」

言って、葵は唇を閉ざした。

軽く窄めて突き出し、目も閉じる。

そして動かなくなる。声も出さない。

「葵ちゃん……」

ふっくらとピンクに絖光《ぬめひか》っているのは、リップなのかグロスなのか、艶めいて美味しそうな唇だった。

以前の卓なら緊張のあまり動けなかっただろう。

いまも緊張はしているが、踏み出す勇気を持っている。三人の女をくり返し抱いたことで、女を過剰に恐れることがなくなった。

そっと肩をつかんでみた。ひくりと震える。いままでの女たちより格段に小さな体が緊張に支配されているのだ。

（この子も勇気を出してこういうことしてるんだ）

自分だけがドギマギしているわけではない。葵も精いっぱいなのだろう。

その気持ちに応えたい。

卓は鼻息がかからないよう呼吸を止め、そっと顔を近づけた。顔のサイズすら今までのだれよりも小さい気がする。

ちゅっ――と、唇をついばんだ。

「ん……」

また葵の体が震える。それでいて、彼女の手は静かに動いていた。右手で卓の太ももに触れ、左手は胸板に置かれる。たがいに触れあって距離が縮んだ気がする。

ちゅ、ちゅ、と卓はバードキスをくり返した。

少女の甘い香りが口に満ちていく。花の蜜を吸ったような気分だ。

「んっ、ふぅ……ちゅっ、ちゅうっ」

葵からも唇を吸ってきた。求めてくれた。受け入れてくれた。

心と体が昂ぶって止まらない。

「葵ちゃん……！」

卓は前のめりになって彼女を抱きしめ、唇の狭間《はざま》に舌を押しこんだ。

「はあっ……！　んっ、ちゅっ、くちゅ……！」

やはり彼女は受け止めてくれた。それどころか自分から舌を絡めてくる。おっかなびっくり、舌先で突っつくように。あきらかに慣れていない動きだ。

逆に卓の舌はたくみに動きまわり、葵の舌を器用に絡めとった。舌だけでなく口内粘膜をなめまわして、くすぐったそうな反応の出る部位を確認する。

「んんっ、ちゅくっ、ちゅぢゅっ、ぁあっ……！」

個々人で弱い部分が違ってくるのは胸や膣だけでなく口もおなじだ。

そこを的確に探り、突っつき、ときにしゃぶりこんで唾液まで味わった。年上の女性たちの濃厚な味わいと違い、柑橘類のような爽やかな甘みがある。それでいてモンブランの香りがほんのり残っていた。美味しい。

（口だけじゃなくて、ほかのとこも気持ちよくしてあげないと）

正直に言えば、胸を揉みたい。たわわな乳房を揉み潰したい。濡れそぼった膣の締めつけを指で確かめたい。が、それは年若い少女には強烈すぎる刺激だろう。

キスに集中できなくなってても少々もったいない。

だから卓は、彼女の頰を指の節で撫でた。

「ああ……んっ……」

すべすべの頰に手を滑らせ、指先で耳をくすぐる。あくまで軽い刺激のつもりだったが、反応は予想外に大きいものだった。

「んんんッ……！」

体の震えが大きい。女たち共通の身体的合図だ。

すかさず卓は彼女の両耳を指で塞ぎ、力強く少女の口舌をすすりあげた。耳を封じることで卑猥な水音が頭蓋で反響する。ダメ押しの刺激だった。

「んんんんんーッ！」

葵は腰尻を浮かせせんばかりに胴震いした。

絶頂だ。

あふれ出る唾液を、卓は音を立ててすすった。脳に直接淫らな音を叩きこみ、彼女の法悦を深めていく。

びくん、びくん、と葵は大きな脈動を何度か起こした。

次に小さな震えが全身に行き渡る。

乱れた呼吸のまま舌を吸われて酩酊していた。

「はぁ、あぁ……ん、ちゅっ、ちゅくっ……」

酔いしれながらも舌で舌にすがりつく。なんとも可愛らしいキスに、卓も正面から付きあってやった。

絶頂の余韻が去るまで粘膜を重ねあい、ゆっくりと口を離す。

葵は大きく息を吐き、濡れた目で虚空を見あげていた。

「キスでイッちゃった……信じられない……」

「あんまりキスの経験はないの？」

「はじめてです」

「えっ」

「卓さんがファーストキスです。赤ちゃんのころ両親にされたのはノーカンで」

葵の器量でキスの経験がないのは意外すぎた。

実際、テクニック皆無の初々《ういうい》しい口づけではあったけれど。

「もしかして、恋人がいたことも……？」

「ないですね。中学時代は部活に夢中だったし、高校のころには旅館のことばっかり考えて余裕がありませんでしたから」

「それなのに、俺なんかにファーストキスをくれるなんて……」

とん、と唇に人差し指を押し当てられた。

葵の顔に小悪魔の笑みが戻っている。

「ここまできてキスだけで終わっちゃう？」

彼女は答えも待たずに立ちあがり、卓の腕を抱きあげた。ちょうど胸の谷間に迎え入れる形で。

「もっと楽しい場所があるんですよ」

笑みのあちこちに汗の粒が見受けられた。顔は耳まで赤いし、呼吸はほんのり乱れている。キスの余韻か、これからの行為への期待かはわからない。

卓も汗を流して赤面したままだった。

(天性の小悪魔だ……)

恋人がいたこともないのに誘い方は男殺しである。

おなじく恋人がいたこともない男に抗《あらが》えるものではなかった。


案内された場所は第二浴場とやらの男性脱衣所だった。

「こちらでお着替えして入浴してください。うちとはまた違ったお風呂体験を楽しめますよ」

葵は脱衣所から出て行った。

ひとりになるや、卓は自分が恥ずかしくて頭をかきむしる。

「ただのお風呂か……！」

てっきりキスの先を楽しめる場所へいくものと誤解していた。風呂場で淫らな行為をするのであれば、脱衣所を分ける意味もない。この場で脱がしあうような楽しみ方もあるはずだ。

あるいは、浴場へのドアを開ければ全裸の彼女が待っているかもしれない。

しかし違ったときは激しく落胆してしまう。

「期待しすぎるな……そこまで上手くいくはずがない」

相手はインターネットで記事にされたこともある若女将。気立てのよい美少女。胸もとびきり大きい。自分などが見向きされるはずがない。

からかわれただけと解釈するのが精神衛生上は良い。

傷つかないよう一歩退《しりぞ》く。それが卓の処世術であり、人付き合いの基本だ。

「お邪魔します……」

念のため声をかけてから浴場に入る。

数メートル四方の空間だった。

木材で作られた浴槽と石畳の洗い場。ほかにも大浴場があるらしいが、こちらはせいぜい三人が限度の広さだろう。

ひとつ違和感のもとがあった。

紫色の、ゴムだかシリコン製のマットが敷かれているのだ。

そのうえで、葵が正座して三つ指をついていた。

「いらっしゃいませ、荻名先生」

デート中より丁寧な口調だが、身につけているものが卓を驚愕させた。

水着である。

白い紐が胸と股に巻き付いたような、水着である。

「マイクロビキニ……？」

「先生だけの特別なサービスです」

紐水着になると彼女のスタイルがあらためて確認できた。

胸は当然大きい。質量では母親に劣るものの、体格が小さいので比率では負けていない。肩は狭いし腕も細い。尻は見事に丸くて愛らしいが、ボリュームは程々。となると必然的に巨乳が強調される。

「さ、こちらにどうぞ」

葵はマットの横に退き、体にボディーソープを振りかけた。白濁液が胸の局面を汚す様が艶めかしい。こすって泡立てるのを見れば、彼女の意図も理解できる。

「いいのかな、こんなことしてもらって……」

「この旅館ではバブルのころとか、裏でこういうサービスもしてたそうなんです」

「それは……やっぱり女将とか仲居さんが？」

「さすがに風俗のかたを呼んでたみたいですね」

日本全体が華《はな》やかなりしころの名残《なごり》か。

「このマットも当時の……？」

「さすがにこれは最新のものです。先生のためのおろしたて」

「わざわざ俺のために？」

「なんか……なんだろ。勢いで買っちゃいました」

舌を出して茶目っ気アピール。そんなあざとい態度に抗えない。卓は胸を弾ませながらマットに移動し、うつぶせになった。

「それじゃあ、サービスお願いします」

「任せてください！　正直、母さんよりも器用な自信はあります。母さんにもお体洗ってもらったことあるんですよね？」

母親のことに触れられると言葉に詰まってしまう。

散々ときめいておいて今さらだが、何度も抱いた女の娘と性的な接触を持つのは、かなりの鬼畜なのではなかろうか。

などと自虐的に考える暇もあらば、不意打ちが来た。

「えいやっと」

「わあっ！」

柔らかみと重みがのし掛かってきたのだ。思いきり背中に抱きつかれている。想定内のはずなのに、卓は無闇に驚いてしまった。

「うわぁ、背中広いし厚いなぁ。筋トレしてるって本当なんですね」

葵は感心しつつ両手を胸の下に滑りこませた。ぎゅっと抱きついて胸板や腹筋を手でこすり、背中洗いには乳房を使う。

とくに、やはり、乳房が強い。

母親よりやや弾力が強い巨乳は、ほんのり強めの摩擦感を生み出す。ボディーソープの泡で滑り、卓の筋肉の形に合わせて変形し、潰れてもなおぷるぷると動きまわる。

鼻の下が伸びてしまう感触だった。

「これヤバいかも……思った以上に男のひとの体ってすごい……」

葵の呟きがすぐ近くで聞こえる。

彼女にとっても勇気を振り絞って踏み出した暴挙だったのかもしれない。卓の気を引き、自分に夢中にさせるための健気《けなげ》な作戦。

手や胸ばかりでなく、足を脚に絡みつけようとするのも愛らしい。体格差のせいで足先に届かないのもいじらしい。

「ふぅ、んぅ……卓さん、どうですか」

「気持ちいいよ、葵ちゃん。すごく上手だよ」

「よかった……私も気持ちよくなっちゃうかも、えへへ」

葵が感じていることは背中に当たる二粒の突端でわかった。興奮して充血した乳首が自己主張をしている。勃起すればさらに感じやすくなる部位なので、摩擦するたびに呼吸が乱れてきた。

あの若女将が甘い喘ぎを漏らしているのだ。

あの愛らしい年下の少女が愉悦にうめいているのだ。

「くぅ、ふぅ……！　マットに当たる……！」

耐えきれずに屹立した陰茎がマットに擦れてすこし痛い。

「あ、もしかして……ここ、勃ってる？」

葵の手が股ぐらに絡みついてきた。ソープの潤滑を塗りこまれ、マットとの摩擦も痛くはなくなるが、かわりに強い快感が走る。

「うっ、ああっ……ちょ、ちょっと葵ちゃん、待って」

「へえ、こんなになっちゃうんだ……あ、うわ、私、触っちゃった？　つい触っちゃった……もうちょっと後にしようと思ったんだけど……ま、いいか」

しゅるり、ぬるり、と手の平が逸物を撫でまわす。男根に触れるのは初めてだろうが、やけになめらかな動きだった。彼女の自己申告どおり、母親より根本的に器用なのだろう。脈動をたどって敏感な部位を探し当てるセンスもあった。

「なるほどね……卓さん、こういうの好きなんだ？」

手指が亀頭にまとわりつき、エラや裏筋を優しく撫でる。

もう一方の手は胸板をさすり、乳首を見つけるとこすりだす。

「うっ、くうっ……！　葵ちゃん……！」

ペニスはともかく乳首責めは想定外だった。微弱だが慣れない刺激にすこし高い声が漏れてしまう。

「へえ、男のひとの感じてる声ってかわいいんだ……」

「そ、そうかな……？　んっ、ううっ」

「卓さん、かわいい……」

耳元のささやきが鼓膜を震わせ、脳を痺れさせた。卓も女性にしてきたことだが、脳を刺激すれば全身の神経が昂ぶる。

加熱する体を泡まみれの葵に抱きしめられ、擦られ、皮膚全体が気持ちいい。

葵の肌はつやつやと滑る感覚が強い。吸いつくような八重の肌とも違う、若さに裏打ちされたきめ細かさだ。

「はい、ごろんして、卓さん」

卓は言われるまま仰向けになった。

泡を弾くように屹立する男根に、葵の視線が吸いこまれる。

「わあ、元気……ピンッて立って、ええと……これ、かなり大きいですよね？」

「平均よりは確実にね」

「なるほどね……母さんたち、これであんな声あげてたんだ……」

葵は四つん這いですこし後ろに下がった。

重力に引かれて垂れ下がった胸乳がぶらりと揺れる。乳肉の大きさと重みはもちろん、マイクロビキニが食いこんで柔らかさがさらに強調されていた。

その一方で、肩や腕、胴の薄さも同時に見て取れた。

「葵ちゃんってけっこうスマートなんだね」

「若いから肉が引き締まっております、えへへ」

いわば少女の体つきだった。

いままでに味わったことのない背徳感が漂いだす。

「うわあ、また大きくなってる……そんなに私ってHかな？」

「可愛くて、綺麗で、Hだと思う」

「子どもっぽくない？」

「それはそれで……正直興奮してる」

「あー、変態だあ。節操無しの変態さんがここにいるね？」

葵はやけに楽しげに、卓の股間の真上に胸を垂らした。

ゆっくりと降ろし、両乳の接着部を亀頭に当てる。

にゅるり、とソープの潤滑によって、逸物が乳間に飲みこまれた。

「うっ、パイズリまで……！」

「ねえ、卓さん。私って何歳ぐらいに見える？」

彼女は手を使わず、上体の揺れをそのまま乳房に伝えていく。双方のサイズが大きいからこそできるダイナミックな抽送だった。

乱雑な摩擦感にくわえて、マイクロビキニのおかげで圧迫感もある。

存外に気持ちよく、卓は甘い音をあげた。

「くっ、和服のときは高校生から大学生に見えたけど……うっ、でも、背も低いし、顔も可愛らしいから、今日の葵ちゃんは中学生でも通用するかも……」

「中学生はダメだよ、卓さん。性犯罪者になっちゃいますよ。ほらほら、中学生のオッパイでおち×ちん気持ちよくなっちゃだーめ」

小悪魔笑いの乳揺れズリに、卓ははやくも限界だった。さきほどの手淫でも充分すぎるほど高まっていたので、耐えきれない。

「いっ、くぅ……！」

マットの弾力を借りて腰を大きく弾ませ、びゅうっと射精した。

「あっ、わあっ……あったかい」

葵は目を閉じて乳間の熱感を愉しんでいた。

収まりきらずに白濁があふれ、乳房全体を汚していく。

「精液でべちゃべちゃになっちゃった……中学生って言われてこんなに興奮するなんて、本当にド変態な作家先生だね、うふふ」

罵倒すら蜂蜜のように甘ったるい。

出したばかりの逸物が鋼《はがね》の硬度に変わる。

（もう本気でガマンできない……今日はこのまま絶対にセックスする）

敷山葵を意地でも抱く。自分のものにする。

男の意地をこめて、卓は身をもたげた。

「じゃあ次は俺の番だね」

「それはつまり……本番ってやつ、しちゃいます？」

「いや、そのまえに葵ちゃんにも気持ちよくなってほしい」

「うん……卓さんに気持ちよくしてほしい」

肩を抱きよせると、葵はとろりと目を潤ませる。

いったん泡を湯で流して仕切り直すことにした。

葵を開脚させようと膝をつかむ。

が、やけに抵抗が強い。脚が震えて閉じきっている。

「あ、あれ、私けっこう緊張してるのかな……？」

彼女自身、自分の体の固さに困惑していた。

「まだ若いんだから仕方ないよ」

卓はいったん股を諦めた。相手に合わせて責め方を変えるのは基本中の基本だ。

「だいじょうぶ、ゆっくりしていこう」

肩を抱いて、ぽんぽんと子どもをあやすように叩く。

「葵ちゃんがイカせてくれたから、俺は復帰まですこし時間がかかるから」

「そんなに気持ちよくなってくれたの……？」

「ちょっと呆けちゃうぐらい気持ちよかった。夢みたいだったよ。たくさん出しちゃったし、しばらくいっしょに休憩してくれると嬉しいかな」

大嘘である。すでに股間は充血しきっている。

いま重要なのは、彼女に肯定感を与えることだ。調子に乗って小悪魔ぶっていたのに、本番直前に怖《お》じ気づくなど屈辱的だろう。すくなくとも葵はこの類いの屈辱で興奮するタイプではないはずだ。

「可愛くて、エッチな体してて、俺のためにあんなにオシャレしてくれて、こんなサービスまでしてくれて……葵ちゃん、本当にありがとう」

卓は葵の頰にキスをした。柔らかくもスベスベだった。

「えへへ……卓さんってタラシだね」

「え、ええ？　そうかな」

「女慣れしすぎ！　思ったより可愛げないなぁ」

葵は不満げに言いながらも笑顔は柔和なものだった。

「じゃあ、せっかくだから……ちょっとお湯に浸かってゆっくりしちゃう？」

「そうだね。せっかくのお風呂だしね」

卓は股間を隆起したまま、葵とともに風呂に浸かった。

湯船に浸かると、葵が対面で膝に座ってきた。

「こちらはおっぱい好きの先生に特別サービスです」

乳房が卓の鼻面に押しつけられた。

柔らかみの海に溺れる心地で、入浴を愉しむ。

「今日はデート楽しんでもらえてるかな」

そういえば、と卓は気付く。

いつの間にか葵の口調がずいぶんと砕けていた。

若女将としてでなく、ただの女の子としての口調だとしたら嬉しい。それだけ親しくなれたということだから。

「葵ちゃんの観光案内のおかげで浅城のことも前より好きになれたよ」

「私も必死だったからなぁ。観光案内はするつもりだったけど、それ以外にデートの仕方とか思いつかなくて」

「そうなの？　かなりスムーズにリードできてたよ」

「ならよかったけど……ほんと余裕なかったんだよ？　デートなんて初めてだったし、話題をつなぐためにも浅城トークしかなかったというか……」

「デートも初めてだったの？」

さすがに卓も目を丸くした。目の前にあるのは乳膚だけだが。

ファーストキスも意外だったが、デートすら未経験とは驚きである。

「学生時代に葵ちゃんみたいな子がいたら、チャラめの連中は絶対に声かけてくると思うんだけど……やっぱり部活と旅館で頭がいっぱいだったから？」

「そういうこと。そんなことしてる暇があったら地元振興について考えろってムカついてたぐらいだし」

「女将になったらそれこそ暇がないよね」

「ですです、貧乏ヒマなし。今日だってけっこう無理してるんだからね？」

きっと皮肉ではない。

あなたは特別だから——そんな意味合いの言葉だと卓は解釈した。自分を卑下《ひげ》して葵の言葉を悪く捉えたくない。たぶんそれは彼女に対して失礼だから。

「ありがとう、俺のために大切な時間を使ってくれて」

「私もひさびさに楽しかったよ。はじめてのデートもドキドキしたし、キスなんてもう頭爆発するかと思ったし、さっきはもう訳わからなくて、いまさらちょっと焦《あせ》りすぎたかなって思えてきたかも……あああー、私すごいことしちゃった？　ていうか、今まさにしてます？」

「裸みたいなビキニで男と抱きあってるのは凄いことだよね」

「あはは、昔の同級生とかビックリするだろうなぁ」

葵は卓の頭をなで、卓は首を振って顔で乳房をまさぐった。

赤の他人ではありえない距離感だ。

「……俺のこと好きなんだね」

言ってしまった。

かつての自分なら否定が恐くて絶対に言えなかったであろう率直な言葉。

「うん、好き」

葵の回答も率直だった。

「最初から感じのいいひとだと思ってたし、ナイーブなところも可愛いし……ほんとはね、ずっと母さんや石川さんたちが妬《ねた》ましかった」

ぎゅう、と卓の頭が強く抱きしめられた。

乳間の深みで、卓はすこし考えこむ。

平然としているように見えて、やはり彼女もひとりの女なのだ。ほかの女がよがっていれば思うこともあるだろう。相手が意中の男性ならなおのことだ。

彼女だけに特別なものをあげたいと思った。

「俺さ、浅城にきて三人とセックスしたんだけど……処女はもらえなかったんだ」

脚のうえでなめらかな女体がよじれた。

「私があげる」

葵は卓を胸から解放し、額にちゅっと吸いついた。

そうして視線を誘導して、赤らんだ笑顔で見つめあう。

「ずっと使わずじまいだった葵の処女、卓さんにもらってほしい」

「美味しく食べてあげるよ、葵ちゃんのバージン」

唇と唇が重なり、舌が絡みあう。

ふたりはしばしディープキスを愉しんでから湯船を出た。


入浴で体温のあがった葵の体はすっかりほぐれていた。

血行がよくなれば神経も弛緩《しかん》する。人間の体はそのようにできている。

卓はマットに仰向けの彼女に覆いかぶさり、胸をやんわり揉んでみた。帰ってくるのは愉悦の震え。素直に愛撫を愉しめる状態だった。

「んっ、んっ、あぁ……やっぱり男のひとっておっぱい好き？」

「葵ちゃんのおっぱいが好きだよ」

「また女たらしのセリフだぁ」

「そんな意地悪言わないでよ、気持ちよくしてあげるから」

乳首をつまんでしごく。母親にくらべると小さめの乳頭だがしごくには充分だ。あくまで優しく、充血を促して感度をあげていく。

「あっ、あッ、すごいっ、イイかも……んんっ、自分で触るのとぜんぜん違う……男のひとの指って、なんだか硬くて大きくて、すごい……！」

「葵ちゃんはお手々ちっちゃいからね」

「その言い方は子ども扱いでひどいかなぁ。あ、でも荻名卓先生は子どもに興奮するド変態さんでしたっけ？」

「生意気言うとお仕置きだぞ？」

乳首を強めに絞ると、葵は口をだらしなく開けてよだれを垂らした。

「はうっ、んへぇえっ」

口まわりの筋肉が弛緩《しかん》した声だった。みっともなくも淫らなメスの嬌声だ。

本人もそのことに気付いたらしく、慌てて口を閉じようとする。

「ダメ、隠さないで。エロい声もっと聞かせて」

卓は人差し指と中指を口に突っこんで邪魔をした。

「やあっ、卓さん、やらぁ……！　声、ヘンらから……！」

「ヘンじゃないよ。めちゃくちゃエロくて興奮する」

耳元でささやき、乳首をしごく。

「あえッ、んおっ、えひぃいっ……！　ピリピリひゅるう……！」

口を閉じられず、舌もうまく動かせず、完全に呂律がまわらない。そんな状態で、意識してか無意識なのか、彼女は卓の指をなめていた。美味しそうに舌をはわせ、ちちゅばちゅばと音を立てて吸う。

「赤ちゃんがおしゃぶりしてるみたいだね。かわいいよ、葵ちゃん」

「あんッ、んおッ、はひぃ……ちゅくっ、ぢゅるるッ、ちゅぱちゅぱっ」

フェラチオじみた口舌遣いに卓の心は荒ぶった。剛直を彼女の腰に擦りつけ、瑞々《みずみず》しい艶肌に腺液を塗りたくる。

「あっ！　んあッ、ぁへぇえっ……！」

乳首を強めにつねると胸を弾ませてよがる。母親とおなじだった。

「はぁ、あぁぁ、卓ひゃん……！　もう、わたし、もう……！」

葵はゆっくりと脚を開いた。

股の裂け目がマイクロビキニを挟みこんで縦筋がくっきり浮かんでいる。

「触ってほしい？」

こくん、と葵はうなずく。

「だれも触ったことのないおま×こ、俺に触ってほしい？」

「おま×こ、さわってほしい……！」

言って彼女は指をしゃぶる。

たっぷりと唾液が乗った指を、卓は口から引き抜いて秘処に添えた。

ビキニの布地をなぞるように大陰唇をくすぐる——だけのつもりだったのに、指がたやすく沈み、内側の小陰唇をいじることになった。柔らかくて、ぐじゅぐじゅに濡れていて、感度も抜群。葵の声はどんどん鼻にかかっていく。

「ぁあっ、はッ、んへぇえっ……！」

愛らしくも淫らな反応に気をよくして、何度も水着越しに粘膜を引っかく。

ふと疑問を抱いた。

股に食いこんだ紐水着の周囲には縮れ毛の一本もない。剃《そ》り跡も見当たらない。

「葵ちゃん、もしかして……剃ってきた？」

「それは……私、生えない体質みたいで、ずっとこうなんです」

パイパンというやつだ。

いままでの女とは違う特徴に、卓は新鮮な興奮を覚えた。

「触りやすくていいね。ハメたときも密着できる感じでよさそう」

耳を嚙みつつ、中指を差しこんでいく。

「あっ……！　んっ、はぁあ……指、太い……！」

「俺のが太いというより、葵ちゃんが狭いんだよ。底も浅そう……ほら」

「んんんッ……！」

中指を根元まで入れるとたやすく最奥にたどりついた。指の腹で子宮口を押さえると葵の腰が小さく跳ねる。

「あんッ！　あっ、ヘッ……！」

「奥も感じるんだね。ほかの部分はどうかな？」

指をねじりながら出し入れして反応を確かめてみた。

Gスポットを押さえれば、膝を震わせて感じ入る。

膣内にやや大きめのイボが三つほど散在しており、そこも感度が高い。

なにより全体が狭くて締めつけが強い。指より太いペニスを入れたらどうなるのか、想像するだに息が乱れる。

付け加えると、ひとつ気になることがあった。

「処女膜はもうないんだね」

言わなくても良いことだが、つい口に出してしまった。

「たぶん中学のとき、陸上部で走ってて血が出たことがあって……」

「ああ、女の子は運動中に破れることがあるってよく言うよね」

「信じてくれるかな……？」

「信じるよ。葵ちゃんがそう言うのなら」

本音で言えばどちらでもいい。

経験済みだとしても、いまの自分なら過去の記憶を塗り替えられる。人生で一番気持ち良い経験をさせてやればよいだけのことだ。

「もう準備はよさそうだね」

指を抜くと、白く濁った太い糸が長々と伸びた。葵に見せつけると目を丸くして動揺する。

「こんなにすごい濡れ方したの、はじめて……」

「これからもっとすごいことになるから覚悟してね？」

仰向けの葵の脚を開かせ、水着を横に寄せる。丸出しになった秘処は陰唇が開いていない、幼児のような割れ目だった。処女という話は本当なのかもしれない。

純粋無垢な秘裂に亀頭を押しつける。

ぷちゅり、と一本スジが綻《ほころ》び、どぷりと濁った蜜があふれ出した。

「あぁぁ、きちゃう、卓さんがきちゃうぅ……！」

葵は肩を縮め、握り拳を胸元でこわばらせていた。緊張しているように見えて、下半身は右へ左へ物欲しげによじれている。焦らしも慣らしも無用だ。

卓は亀頭で秘処を軽くなぞり、膣口の位置を再確認。

「いくぞ」

細脚のあいだに腰をはめこむ。

いきり立った怒張をねじこんでいく。

入り口で滑らないよう肉棒をつかんで角度を固定し、縦唇も指で広げておいた。

「くっ、ふぅ、んんッ……！　あッ！」

強い抵抗を受けながら亀頭がハマりこんだ瞬間、葵の両脚がピンと伸びた。綺麗なVの字でつま先が震えている。顎も突きあげてわななく様は、紛れもなく絶頂だ。

「あえッ、へひっ……！　いんッ、んぁあああッ……！」

「入れただけでイッちゃうとか、葵ちゃん感度よすぎだよ。かわいい」

卓は上体を倒して葵に抱きつき、半開きの口に舌を入れた。葵は舌を絡めかえす余裕もないらしく、ただ歪んだ声で喘ぐばかりである。

そうしているあいだにも卓は挿入を深めた。

ゆっくり掘り進むつもりがあっさりと最奥に届いた。奥が浅いうえに、膣口がはむはむと蠕動《ぜんどう》してみずからペニスを飲みこんでいくのだ。

「奥まで入ったよ、葵ちゃん」

「あぁ……！　うれしい、卓さん……！」

葵は絶頂から解放されたのか、手足を卓に絡めて歓喜に酔いしれた。

「ぜんぶ入ったんですね、卓さんが……」

「根元はちょっと残ってるかな」

「え。入らないんですか？」

「浅いからね」

葵は不満げに口を尖らせた。お子さまの表情だ。甘えているのかもしれない。それはそれで可愛くて、なんでも言うことを聞いてあげたくなる。

「……無理やり押しこんでみない？」

「だいじょうぶ？　そもそも痛くないの？」

「痛くはないです。私ひとりでするとき、バイブとか入れるタイプだから……奥もけっこう使うし、強めに押しこむのも好きだから……えへ」

処女ではなくとも膣自体は使いこんでいたということか。

では、と卓は竿先に力をこめてみた。

ごりごりと子宮口を潰しながらも圧をかけていく。

「んっ、くうぅぅうぅッ……！　奥すごいっ、バイブとぜんぜん違うっ……！」

玩具には負けられないという人類の誇りを込めて侵攻した。

最奥がへこんでいるのか、すこしずつ、わずかずつ、挿入が深まっていく。

同時に膣口が窄まって肉棒を刺激する。

「うっ、くうぅ……狭すぎっ」

膣ばかりか内部も収縮していた。散在するイボの圧力が集まるので、ピンポイントで快感が高まっていく。狭さと快感で腰が止まりそうになるが、分泌液が豊富なので滑りはよい。知らず知らずのうちに結合が深まっていく。

みちり、と股と股が密着するまでせいぜい十秒。体感では十分。たっぷり時間をかけた気がして、達成感もあった。

「あぁあッ……！　卓さん、卓さんッ……！」

卓以上に葵が達成感に感じ入っていた。しがみついた手足でさらに強く卓を抱きしめてくる。全身の脈動はまたしても絶頂のリズムだった。

「ひとつになれたね、葵ちゃん」

卓は彼女に何度もキスをした。

口。頬。額。耳。首筋。すこし上体を浮かせて乳房、乳首まで。

そうしているあいだに、葵は数回ほどもイッた。

「あんッ、あッ、あひッ、あーッ！　あへぇえええーッ！」

オルガスムスのたびに小穴が窄まって男根を圧搾する。なにがなんでも精を搾りとろうとするメスの本能を感じた。

「あんッ、あーッ、ぁああッ、卓さんっ、イッて、卓さんもっ！」

「まだだよ、ぜんぜん動いてないだろ？」

正直かなりガマンしている。いますぐにでもイキたい。

だがセックスぐらいは葵をリードしたかった。今日のデートはリードされっぱなしだったので、男らしいところを彼女に見せるのだ。

「動くよ……ここからが本当のセックスだ」

「あっ、待って……！　動かなくても気持ちいいのに、こんなっ……」

卓は腰を引いた。

「あぁああッ……！」

葵の首が反って喉がさらされる。

そこに吸いつきながらも、腰を突き出す。

「おヘッ！」

最奥を突かれて極まった喘ぎをあげる葵が、いとおしい。

「この調子でどんどん突いてくよ、そらそらっ」

「あぁあッ……おへっ！　あんッ、おッ、あーッ、えおッ！」

後退と前進であきらかに反応が違う。

引くときは亀頭のエラでめくられる感覚が強いのだろう。長く尾を引くような、鼻にかかった喘ぎが出る。

突くときは子宮口を押し潰される鮮烈な刺激。低く爆《は》ぜるようなうめき声が出る。

どちらも等しく喜悦の嬌声だった。

(やっぱり親子だな……エグい声あげてる)

引くときは愛らしい反応だが、突くときは熟女に負けない低い声が出る。そのギャップがたまらなくて、卓はますます奮起した。

無茶な腰振りはしない。葵の反応を見て速度や角度を調整する。

いきなり感じさせすぎるようなこともしない。快感は疲労をともなう。とくに絶頂は体力の消耗が激しい。すでに何度かイカせているので、ここからはじっくりと高めて、最後にとびきりの多幸感をプレゼントしたかった。

「あッ、おッ、あーッ、おぐッ、あへぇええッ……あおッ！」

葵は度重なる快感に肌を赤らめ、全身から汗を垂れ流していた。風呂場の熱気も手伝って、ふたりは汗を混ぜあわすように互いを貪りつくす。

「葵ちゃんを抱きしめてるとすごく気持ちいいよ」

気持ちいいのは狭い膣だけではない。汗を弾く若い肌のなめらかさも、胸板で潰れる巨乳の柔らかさも、唾液の味も、甘酸っぱい体臭も、官能的な声も——五感すべてが気持ちよくなる。最高のセックス相手だ。

「うれしいッ、あひッ、卓さんもすごいッ、気持ちいいッ……！　思ってたよりずっと、あんッ、あーッ！　セックスすごいッ！　卓さんっ、卓さんっ、好きッ、好きぃいッ！　へあぁッ、あんんんんッ！」

葵の全身が痙攣しはじめた。頭の先からつま先まで震えあがっている。絶頂でなくその寸前。時間をかけて高めていった結果だ。

「俺のセックスでイッてくれる？」

問いかけ、キスをする。答えはわかりきっているが、舌を絡めてすこし間を置く。焦らしてギリギリまで感度をあげるのが目的だった。

「れろっ、れろれろッ、むちゅっ、ちゅっちゅっ、ちゅばぁ……！」

葵も舌を絡めてくるが、ほとんど条件反射だろう。すでに目は焦点があわず、口も半開きで閉じなくなっている。唾液を流しこんだら勝手に飲みこむ。

舌を抜けば、彼女は朦朧《もうろう》として言葉をなくしていた。

「答えて、ほら！　俺のセックスでイクのか！」

強く問い詰め、股ぐらを叩き壊さんばかりに突きまわした。

「あへっ！　んぉおッ！　おへッ！　あえッ！　ひぉおおおッ！」

「答えろッ！　答えないと止めないぞ！　この勢いで突いてるとイキたくてもイケないぞ！　ほらほら、答えろ、葵！」

呼び捨てにすると、すさまじい勢いで若壺が収斂《しゅうれん》した。コリコリの子宮口とイボたちが逸物に食いこむ。卓のほうが臨界に達しそうだが、必死に堪える。

「イカせてぇ、卓さん！　イキますっ、イギだいぃいッ！」

葵は叫んだ。

身も世もなく、若女将のプライドも女の自尊心も投げ捨てて。

ただただ男に与えられる快楽だけを求めたのだ。

「イケッ、葵ッ！」

卓は力のかぎり子宮口を滅多打ちにした。

徹底的に突きまわした。

「おへッ！　あはあッ！　あへッ！　んぉおおッ！」

白目を剥かんばかりに悶える葵を、これでもかと犯す。

ごちゅり、とトドメの一撃。亀頭が膣奥深くにめりこむ。

狂おしい電流が同時にふたりを貫《つらぬ》いた。

「イクイクッ、卓さん、イグぅぅううぅぅうううッ！」

「ああっ、出るッ、射精するぞ、葵ッ……！」

ふたりは強く抱きしめあって絶頂に達した。

濁った情熱が怒濤のごとく噴出し、悦震えの子宮に注ぎこまれる。

脳まで白くなる快感の渦に飲みこまれ、ふたりは自然と唇を重ねていた。

「んちゅっ、べろべろっ、れろんッ、ちゅぢゅぅぅううッ……卓さん、卓さん、私、いままで生きてきてこんなに幸せなこと、はじめてぇ……！」

「俺もだよ、葵ちゃん。本当のセックスを知った気がするよ……」

愛と快楽を貪り、時間がすぎていく。
あるいは、と卓は思う。
（この瞬間のために、いままで女を抱いてきたのかもしれない）
この日、荻名卓の人生が変わった。

第六章　小さな旅館の親子丼

荻名卓は愛を知った。

異性を想う恋愛と肉体を求める愛欲。

全身全霊でそれらを知ったことで、最後のピースがそろった。

部屋にこもって書いた。

書いて書いて書きつづった。

ただ筆が進むだけではない。女性描写がさらりとできた。深みが出たというより、自然に書けた、というべきか。

ごく当たり前に女性キャラを取り扱えるまでに慣れたのだろう。

気持ちがよかった。小説の進捗《しんちょく》が抜群にいいと射精じみた快感がある。

無我夢中で書きつらねて、ふと思う。

「こいつを書き終えたら……家に帰らないといけないいんだな」

名残惜しさがあった。

四季宿あおいに愛着が湧いていた。

ノートPCを置きっぱなしの座卓にも、窓から見える山の景色にも。部屋に漂うかすかな芳香には男と女の性臭が混ざっている。自分がここにいた証《あかし》だ。

「でもやっぱり東京に帰らないと」

そろそろ荷物などが届くかもしれないし、固定電話の留守録も気になる。予定していた宿泊期間をオーバーしているので予算も徐々に厳しくなっていた。

「永遠に来れないわけじゃないいんだから」

作品がヒットしつづければ旅行費用も楽に出せる。なら、なおのこと書かなければならない。いま胸に燃えあがる女性への情熱をキーボードに叩きつけるのだ。

否。

女性への情熱が燃えあがっているのは胸というより、股間だ。

さきほどから勃起して止まらない。

「失礼します、お布団片付けにまいりました」

折りよくと言うべきか、葵が部屋にやってきた。

デートのときと違い、楚々とした和服姿で凛《りん》とした表情。はじめて会ったときと変わらない若女将だ。

「それでは失礼して」

てきぱきと布団を片付ける姿も様《さま》になる。

和服で締めつけられた胸は本来より小さく見えるが、それでも見事な丸みだ。

襟から覗ける白いうなじにも目を惹かれた。

「あらあら荻名先生、お仕事の手が止まってますね？」

目を細めて笑う小悪魔の表情にもドキリとした。

「もしかして、変な気持ちになってるんじゃないですか？　お仕事中なのに悪いひとですね……」

葵は布団を片付けると、卓の横にやってきて膝をついた。

「あーあー、こんなに大きくしちゃって」

卓の股ぐらはテントを張っていた。

「ヌイてほしい？」

「仕事中じゃないの？」

「ほしいかほしくないかハッキリ言ってほしいなあ」

白魚の指がズボン越しの股間を突っつく。亀頭を狙って何度もツンツンと、ときにぐうっと押さえつける。

「ヌイてほしい、お願い」

卓はあっさりと屈服した。持てあまし気味だったのでちょうどいい。

「はーい。それじゃあ特別サービスですね」

葵は卓のズボンとトランクスをずらして逸物を取り出した。蒸れた肉臭を嗅いでクスリと笑い、ためらいなくしごきだす。

「あぁ、気持ちいいよ……手がスベスベですごくいい……！」

肌が若いのはもちろん、ほかの女性たちよりも手が小さい。指の一本一本も細いせいか、より強く食いこむ感があった。手首でスナップを利かせるのも上手い。すでに彼女は男を悦ばせる術《すべ》を理解している。

「そういえば私、まだお口でしてませんでしたよね」

「そうだっけ……？」

「口ではキスばっかりしてました。あれもよかったけど……」

「口を使ってくれ」

「素直でいい子ですね、卓さん」

いまの彼女は求められることに価値を見出している。ならその欲望を充足させてやりたい。フェラチオしてもらえるなら卓としても万々歳だ。

「あーん」

葵は口を開いて舌を伸ばした。たっぷり唾液にまみれた味覚器を、腺液に濡れた亀頭にべったりと張りつける。ぷち、ぷち、と唾液の泡が弾けた。こそばゆい刺激に卓の腰が震えたのも束《つか》の間《ま》、亀頭全体に舌が這いまわった。

「れろぉ……れろれろっ、べちゅッ、べろぉ……ちゅぐッ、りゅろっ」

彼女は小さめの舌を動きでカバーしていた。顔の角度を変え、握りしめた逸物を動かして、責める位置を変えていく。まだ圧迫の仕方などは拙《つたな》いが、くまなくなめる意志と唾液量は大したものだ。

「いいよ、葵ちゃん……うっ、くうっ、気持ちいい……！」

「なんらか、先のほうからどんどん出へきますね、ちゅうっ」

鈴口に唇をかぶせて、吸う。

「あぁああッ……！」

尿道をカウパー汁が滑り出ていく感覚は射精感に近い。ピリピリと痺れる感覚が海綿体に広がり、陰嚢《いんのう》がふつふつと沸き立つ。

だが、堪えることはできた。

異性経験は葵より上なのだ。

「んむっ、ちゅぐッ、ぢゅるるっ……ぢゅるっ、ちゅぱっ」

葵の口が亀頭を飲みこんでいく。口内でなめ転がし、吸いあげる。

手でしごきながらの連係口撃に、卓の忍耐力が削ぎ落とされていく。

「ううう、うまいっ、葵ちゃんうますぎるっ……！」

卓はなんとか我慢しようと彼女の頭をつかんだが、焼け石に水だった。

「うッ！」

達してしまった。

「んっ！　んーっ、ふんんっ、ふーっ……ふふっ」

最初は目を丸くした葵だったが、すぐにまぶたを閉じた。

口内に吐き出される粘液を味わっている。

舌でかき混ぜて堪能している。

亀頭にも掻痒感が生じて、射精が後押しされた。なかなか出し終わらない。

どうにか停止して、口腔から解放されると、卓は軽く呆けてしまった。

「はあ……すごかった。フェラうまいんだね」

「んー、んふふ、んー」

「出してもいいんだよ？」

卓は座卓からティッシュを三枚取って葵の口元にあてがう。

だが、葵はかぶりを振ったかと思えば、ごくりと喉を思いきり鳴らした。

「んぐっ、んぐっ……ふぅ、すっごい味だった」

笑う彼女の口元には陰毛が一本ついていた。ひどく淫らなことをさせた実感が男を昂ぶらせる。どうせなら本番もしたい。

欲情にギラつく卓の口元に、葵の人差し指が押し当てられた。

「はい、ここまで。おたがいお仕事に戻りましょう」

「あー。うん、そうだね」

すこし冷静になった。

荻名卓にとっても仕事は佳境に入っている。

今の勢いが止まらないよう、早く執筆に戻るべきだ。

釈然としない気持ちは残っているが、葵のウインクを見ればすべて吹っ飛ぶ。

「浅城にいるうちにまたデートしようね、卓さん」

彼女は口元の陰毛をティッシュにくるんでゴミ箱に捨てた。

部屋を出ていくときには綺麗な若女将の顔である。

デート二回目の機会は早々に巡ってきた。

翌日、ふたりで待ちあわせをして電車に乗った。

「せっかくだからちょっとだけ遠出しましょう」

葵はまた地雷系ファッションであったが、ブラウスとスカートでなくワンピース。より可愛らしさが強調されて、幼くも可憐だった。

四十分ほどで高層ビルの建ち並ぶ地方都市に出た。

「この服のブランドもここにあるんです」

服飾だけでなく化粧品店、小洒落た雑貨店などもある。

葵は卓の手を握って上機嫌にショッピングを楽しんでいた。

「浅城以外の街もけっこう好きなんだね」

「研究も兼ねてますよ、ちょっとだけ」

地元を愛する葵もいいが、都会ではしゃぐ葵も可愛らしい。卓の胸が温かくなり、親戚の子どもを見守っているような気分になった。

ラブホテルに入ると、そんな年下の少女を後ろから犯した。

個室に入ってすぐのことだ。

シャワーも浴びず、壁に手をつかせた。

「あっ、卓さん、いきなり……！」

「葵ちゃんの可愛いとこ見てるとガマンできなかった」

フリルのついた愛らしいワンピースをまくり、おなじくフリルつきのショーツをずらせば、濡れそぼった秘処が男を待ちわびていた。

彼女は体格差を補うため底の厚いローファーでつま先立っている。セックスが嫌なら腰を高くする必要すらないはずだ。

「そっちこそガマンできなかったんだ？」

「だって、卓さん、ときどきお尻とか触ってきたでしょ」

「葵ちゃんが可愛いのが悪い」

「ずるい言い方だなぁ……あんッ」

挿入するなり葵は喜悦に尻を振った。

ぼちゅぼちゅと激しい水音が鳴ったので、卓も遠慮せずに腰を遣う。

「あーっ！　あーッ！　やっぱり卓さんすごいッ、卓さん好きっ！」

「気のせいか前よりも声が大きくない？」

「だって地元は気が引けるし……！　ラブホテルなら問題ないから……！」

「じゃあ、おち×ぽ大好きって言ってみて？」

リズミカルに腰を突き出し、パンパンと音を立てて強要する。

「ああああッ、あおっ、おンッ！　おち×ぽだいすきぃ……！」

「もっと大きい声で！」

勢いで尻に平手打ちをしてしまったが、肉壺は窄まって大量の蜜を流した。

「おち×ぽだいすきぃ！」

声をあげればさらに窄まり、蜜があふれる。

「いいぞ、葵！　次は、おま×こいじめて、だ！」

「おま×こいじめてっ、卓さんっ！」

「いじめてやるぞ、葵ッ！」

ご希望どおりに激しく突いた。子宮口を突きまわせば、濃厚な愛液がカーペットにしたたり落ちる。服装とメイクで作りあげたあどけない印象とは正反対の、母親に負けず劣らずの淫らさだった。

「あんッ、おンッ！　ああっ、おち×ぽ好きっ、おま×こいじめ好きっ……！　もっとはやく卓さんに会いたかった……！　もっとはやく卓さんとセックスしたかったぁ……！　このおち×ぽでたくさん虐めてほしかったよぉ！」

葵の尻がますます大きく弾んだ。男根で膣内をかきまわしてほしくてたまらないといった動きだ。

「もしかして、はじめてのセックスから毎日オナニーしてたんじゃない？」

「してたよぉ！　あはぁあッ、あんッ、ぉおおッ！　あんなの忘れられないし、思い出したら興奮しちゃってたまらなくなっちゃう……！」

「そのわりに、昨日はフェラ一回で俺を焦らしたのはなんで？」

卓は意地悪く言いながら、服越しに乳首を爪で引っかいた。

「あへっ、おへぇぇえええッ……！　だって、セックスやばすぎるからあ……！　ハマっちゃうぅ！　卓さんのおち×ぽ、ずっとおま×こにほしくなっちゃうぅ！」

あまりに声を張りあげるため、葵の声ははやくも嗄《か》れかけていた。

「ところで」

卓は耳元でささやき、乳首をつまんだ。

絶叫じみた喘ぎ声があがる直前に、さらに話しかける。

「ラブホの壁ってそこまで厚くないみたいだよ」

「えっ……」

葵は息を呑んで口を閉じた。

ほんのりとだが、目の前の壁越しに女のよがり声が聞こえてくる。

「聞かれちゃってたかもね、葵の恥ずかしい声」

羞恥に縮こまりながらも興奮してくれる──そう思ったのも束の間。

「中出しして！　四季宿あおいの若女将、敷山葵のおま×こに！　このあいだまで処女だったおま×こに濃い精子流しこんでぇ！」

あえて声を張りあげる葵に、卓はむしろ感嘆した。

「葵がこんなに淫乱だとは思わなかった！」

ラストスパートで腰を加速させた。

ますます締まる襞壺に摩擦悦が大きくなる。

「あーッ！　ぁあーッ！　いきなりおち×ぽ突っこむ卓さんが悪いんだもんっ！　こんな気持ちいいことされたら狂っちゃうもんっ！　おへぇえええッ！」

葵はますます声を張りあげていた。脳の言語野まで快感に突きぬかれて子どもめいた口調になっている。そのくせ抑揚は愉悦に歪んで卑猥なものだ。

ツンッとペニスの根元が甘い稲妻に打たれた。

「うっ、出るぞ、出る出るッ、中に出るッ……！」

「出してっ、おま×この奥でびゅーびゅーってしてぇッ、んぉおおおーッ！」

卓は全力で腰を突き出し、彼女の尻を引き寄せた。

可憐な少女と股間で密着し、種付けする。

葵も白い小尻を至福の律動に跳ね動かしていた。

「あぁああッ、中にドロドロ入ってくるの好きぃ……！　おち×ぽビクビクして気持ちよさそうにしてくれてるのも、嬉しくなっちゃうぅ……！」

「もっともっと嬉しくしてあげるよ。ほら、ベッドにいこう」

「はい……もっと気持ちよくしてほしい」

ベッドでさらに二発。

シャワーで一発。

ホテルから出るまえにもう一発。

たっぷり中に出したぶん、帰りの葵はいままで以上に距離が近かった。卓の腕にしがみつくばかりか、たびたびキスまで求めてくる。

「人前だよ、いいの？」

「いいの！　したい気分だから！」

子どもっぽいワガママな口ぶりで言い、無理やり唇を押しつけてくる。

顔が離れると、メイクであどけなさを強調された顔に寂しげな色がよぎった。

「思い出づくりはしときたいから。卓さんがいなくなっちゃっても、絶対に忘れたりしないように……」

心なしか、握った手がこれまでよりも小さく感じられた。

そして時が来た。

本文の最後に《了》の一文字をつけて、荻名卓の新作はひとまず完成である。

「よし！　できた！」

手を真上にあげて伸びをする。ふっと脱力。凝《こ》り固まった筋肉がほぐれて血行がよくなり、全身が熱くなった。

この瞬間の充実感は何物にも代えがたい。

まだ修正の余地はあるし、編集の意見も聞かなくてはならない。が、それでも一応の形ができた。あとは煮詰めていくばかり。

「今回のはすごく面白いぞ」

新境地の女性主人公がとても魅力的に描けた。荻名卓の持ち味であるスリリングで臨場感のある展開も損なわれていない。

すべてはこの旅館で触れあった女性たちのおかげだ。

「八重さん……海江田さん……明奈……葵」

四人の顔を思い浮かべて感慨に浸る。

みなそれぞれに魅力的だった。

味わい深い体だった。

至高のハメ心地だった。

気がつくと淫靡な思い出が脳内を埋めつくし、股間がムラつく。

「……したい」

ノートPCの時刻を見ると日付が変わって二十分。深夜だ。明奈のキャンプまで歩いていくのは危険な時間帯である。そもそも旅館の門限なので外出はできない。

「八重さんも起きてないだろうしなぁ」

それでも万が一を期待して部屋を出た。

階段を降りても、ロビーには当然だれの姿もない。

豆球と非常灯だけの薄暗い空間で、自動販売機の灯りがやけに眩《まぶ》しかった。

「そういえば……」

先日、デートから帰ってきたときのことを思い出す。葵が自室に戻ったのち、ちょうど八重がやってきたのだ。

「先生、今度あの子の部屋に遊びにいってあげてください」

母親の優しい笑顔がすべてお見通しの達観した表情に見えた。

「あの子には苦労ばっかりかけてしまって。年の近い男の子と遊ぶ機会もぜんぜんなくて……だから、先生には感謝しているんです」

「俺も同年代ではないけど……」

「私と先生の年齢差にくらべたら同年代みたいなものでしょう？」

母親としての気遣いかお節介か、八重は葵の私室の場所を教えてくれた。

階段の下、リネン室の奥の突き当たり。

見てみると、ドアの隙間から小さく光が漏れていた。

卓は足音を立てないようそこまで歩き、ドアを小さくノックした。

「葵ちゃん、起きてる？　卓だけど……」

ささやくように言うと、バタバタと慌てた足音がしてドアが薄く開かれた。

「卓さん？　えへへ……なにかご用かな？」

葵は半開きの目をこすりながら、やんわり笑っていた。

「もしかして寝るところだった？」

「うん、そうだけど……入る？」

眠たげではあるが嬉しげにも見える。

「お邪魔するよ」

申し訳なさもあったが、卓は自分を抑えきれなかった。

一歩踏みこむと、少女の甘い匂いに包まれて胸がときめく。

白っぽい部屋だった。薄めの桃色や水色が多くて可愛らしい。ベッドも、学習机も、洋服箪笥《だんす》も、真新しい荻名卓の小説が並んだカラーボックスも。

ただ、少々手狭かもしれない。六畳あるかないかだろう。

それがかえってコンパクトで可愛らしい印象だった。

「お掃除しといてよかったぁ。あ、狭くてごめんね。ベッドに座って」

部屋に負けず劣らず、やはり葵も可愛らしい。

ベッドで隣りあって座り、彼女の出で立ちに目を奪われる。

「パジャマかわいいね」

「でしょ！　柔らかくて肌触りがすごくいいの！」

葵のパジャマは雪のような生地のシャツにショートパンツだった。白基調に一部淡い桃色の模様も入っていて、愛らしくも暖かそうだ。もこもこと分厚いわけでなく、適度な薄さで体の線も出ている。とくに胸元のファスナーを下ろしてむっちりした谷間を見せているのが男には効く。白い脚を見せているのも良い。

「それにね、私……あ！」

半開きだった少女の目が丸くなった。

葵は急に顔を背けて背を丸くする。

「どうしたの……？」

「……いま、メイクしてないから、見ちゃダメ」

「ああ、たしかに普段と顔の印象が違うけど、可愛かったよ？」

「ええー？　無理、ダメ、これは見せられない」

一定以上の年齢の女性はすっぴん顔を滅多に見せない。見せるのは相当気を許した相手だけだと聞いたことがある。

となれば、余計に見たくなるのが男心である。

「見せてよ」

「やっ、だーめーっ」

卓は男女の腕力差で強引に葵を押し倒した。

腕の下、赤面で震える彼女の顔は、やはりと言うべきか整っている。まだ若いので肌に艶があるし、卓目線では化粧など必要ないと思えた。

強いて言えば、目鼻立ちのおうとつがすこし薄いかもしれない。

（この子、かなり童顔なんだな）

今にしてみると、デート時のメイクはあどけなさを強調するものではなかった。ぱっちりした目の演出を軸に、少女漫画めいた魅力を出したかったのだろう。

女将の時のメイクは可愛げよりも落ち着いた雰囲気を重視。

比べてみると、すっぴんの葵はごく普通の中高生といった自然な可愛げがある。

「本当に可愛いよ、葵」

キスを一発、頬にくれてやると、ほんのりはにかみ笑いが浮かんだ。

「本当かなぁ……？　可愛くないって思ってない？」

「思ってたらこんなになってないよ」

彼女の手を取り、股ぐらに導く。ズボンが張りつめていた。彼女の匂いを嗅いだときから最大限怒張している。

「思い出作りしよう、葵……俺、もう書きあげたから」

はにかみ笑いが消えた。

悲しげな瞳も、浮かんではすぐ消える。

「じゃあ、しよっか。中出しセックス……」

葵は卓の首を抱きよせて唇にキスをした。バードキスで細かくついばんでくる。

卓もそれに答え、抱きしめながら唇を食む。

ベッドで横になり、たびたび転がって上下入れ替わりながら、子どものようなキスを何度も何度もくり返す。

「寒いからお布団に入ろ、ほらほら」

ふたりで布団に入ると熱がこもってほんのり汗ばむ。

ごろりと葵が卓にまたがった。

「騎乗位してみたい」

「動いてくれるの？　それはぜひやってみてほしい」

「うん……卓さん、気持ちよくしてあげたい」

葵は布団のなかでショートパンツとショーツを脱ぎ捨てた。

卓は浴衣をはだけてトランクスを脱いだ。

股と股で触れあい、腰をよじって、性器と性器で探りあう。

くちゅ、と肉槍が濡れた渓谷に触れた。

「熱い……すごい……」

「ハメられる？」

「任せて……こうして、手で押さえて……」

葵は肉棒に手を添えて秘裂に導いた。

ふたりはつながった。

すぐさま腰が寄りあい、奥の奥まで結合が深まる。

「おお……奥までちゃんと濡れてる」

「それはもう、大好きな卓さんに押し倒された時点でズブ濡れです」

少女の体重が腰に集中し、竿先と子宮口がキスをする。艶尻が捻転《ねんてん》して子宮キスが深まり、コリコリした刺激が亀頭に響いた。

「んっ、くっ、葵は奥が好きだよね」

「好き……！　あっ、あんッ、奥でちゅーするの好きっ……！」

「口でもちゅーしようか」

薄い背を抱きよせれば、たわわな胸が胸板で潰れる。唇を重ねれば今度は舌が出て、どちらからともなく絡みあった。

強く抱きしめあい、味覚を重ね、腰をよじりあう。激しいピストンはないが、布団でこもった熱気もあって、より深く葵とひとつになっている気分だった。

「あんっ、あぁッ、んんんッ……私、イッちゃいそう」

葵はホテルのときと違い、声を抑えてやんわり笑みを浮かべていた。上から見下ろしてきているからか、八重によく似た母性的な笑い方だった。

「一緒にイこうか、葵」

「うんっ……いく、イクイクっ、イクぅ……！」

絶頂の瞬間、ふたりは強く抱きあった。

欲望だけでなく愛情まで重ねあう心地に酩酊する。

「このまま寝ちゃおっか、卓さん」

「そうだね……せっかくだから」

別れの時は近い。

たがいにそのことはよくわかっていた。


そして別れの時は来た。

卓と葵、ではない。

「いろいろとご迷惑をおかけしました、荻名先生」

卓の部屋にやってきて深々と頭を下げたのは、久石彰こと石川明奈だった。

しおらしい態度だが卑屈《ひくつ》ではなく、自信ありげな凜々しい顔をしている。キャンプとセックスを満喫して心が浄化《じょうか》されたらしい。

「正直な話……荻名先生の作品、ジャンルは違いますが勉強になります」

「俺も久石先生の作品を読ませていただきました。装飾をできるだけ排した文章なのに、事件に迫るところでしっかり熱を感じて面白かったです」

「他人の作品を読んでるヒマなんてあったんですか？」

「息抜きしないと良い小説書けませんよ、ブッシュクラフトしたり」

作家ふたり、冗談を交わして笑いあった。

「俺も書き終えたので明日には東京に帰ります」

「おめでとうございます。いまはなにを？」

卓の手元には開かれたままのノートPCがある。彼女が部屋にやってくるまでキーボードを叩きつづけていた。

「次回作のアイデアを書き連ねてました」

「なるほど……では、もし機会があれば今度は東京でお茶でもしましょう」

「ええ、ぜひ」

明奈は会釈をして立ち去った。

次に会うことがあっても、肉体関係にはならないかもしれない。それでも同業の友人が増えるのは良いことだ。業界の流れや悪い編集の情報も手に入るし、仕事について愚痴るだけでも気が晴れる。

「浅城にきていろいろあったけど……いい経験だったな」

アイデアの羅列を眺めて小さく笑う。

内容は、さびれた温泉街からはじまる愛と犯罪と暴力の物語。

温泉街というロケーションはクライム物としては少々古くさい。編集にはテレビのサスペンスドラマのようだと一蹴されるかもしれない。

だからひねりは必要だろうが、骨子はこのままで行きたかった。

「今回の経験をすべて活《い》かしきってやろう」

浅城で出会ったすべての女性への恩返しのつもりだった。

そして卓はロビーに電話し、明日チェックアウトすることを告げた。


最後の夕食はスッポン鍋だった。

長期滞在してくれた上客への特別サービスだという。

すべて食べ終え、食器も片付けられ、ひとりの部屋で一息吐《つ》く。

ちょうどそんなとき、内線で電話がかかってきた。ロビーから、八重の声で。

『荻名さま、最後の特別サービスでございます。露天風呂までお越しください』

特別サービスで、露天風呂。

卓は期待に生唾を飲んだが、危ういところで理性を振り絞る。

「いえ、八重さん。特別サービスは結構です。俺、葵ちゃんのことが……」

『若女将がお待ちです』

「いきます」

卓は着替えを持って露天風呂に向かった。

脱衣所で服を脱いでいるあいだにも期待感で股が熱くなる。最後の特別サービスとなれば、つまるところそういうことだろう。

別れのまえに思い出作りをしたいのは卓もおなじだった。

「お邪魔します」

気負いすぎているのか、少々緊張しながら洗い場への引き戸を開いた。

「いらっしゃいませ、卓さん」

「ささ、こちらへどうぞ、荻名先生」

豊かな胸が四つぶら下がっていた。

美少女と美女が白い肌を晒して三つ指をついている。

「葵……八重さん……ふたりとも、どうして」

若女将が待っているのは想定していたが、親子セットとは思わなかった。

疑問に思いながらも両者の真ん中の風呂椅子に腰を下ろす。

ふたりは左右から卓に身を擦りつけた。肌に塗りつけられた粘液がぬめついている。

石鹸ではなくローションのようだ。

「最後は母さんも卓さんにサービスしたいって言うから」

「ごめんなさい、年甲斐もなく娘にお願いしてしまいました」

「それは……えっと、いいの？」

性の現場に親子でいること自体、相当おかしな事態ではないか。すくなくとも卓は
父親といっしょにひとりの女を囲む場面など想像もしたくない。

「私たち仲いいから」

「姉妹みたいと言われることもありますから」

そういう問題ではないと思うのだが、本人たちは納得しているらしい。

（もしかしてふたりとも、かなりの変わり者なのか……？）

最終日に意外な事実を知った気がする。

とはいえ、八重はおっとりしすぎな感があるし、葵もその娘である。いまにしてみ

れば、積極的すぎるのも一般的な女性とは違うかもしれない。

「まあ、そういうことなら……気持ちよくしてもらおうかな」

深く考えるのはやめた。押しつけられた母娘乳の柔らかさに理性が溶ける。

「いっぱい気持ちよくなってね！」

葵は横から卓の唇に吸いつき、ねっとり舌を絡めだした。

「素敵な思い出を持って帰ってくださいませ」

八重は耳にしゃぶりついてきた。

親子で奏でる淫響が頭蓋に反響して頭がクラクラする。

さらにふたりの手が逸物に絡みついてきた。息のあった手淫は海綿体から尿道にまで染み渡るほどに気持ちいい。もちろん手の平にもローションはたっぷりだ。

なによりやはり、腕に当たる胸。

たっぷり実りつつも若さゆえの弾力で上を向いた美巨乳。

重力に引かれて下を向き、重さと柔らかさを主張する熟巨乳。

種類は違えど魅惑的な感触に卓はうっとりと嘆息した。

「ふたりとも、胸でしてくれないかな？」

「ふたりがかり？　うん、やってみようか、母さん」

「そうねぇ。うまくできるかしら」

卓が横になると、ふたりは左右から股間に胸を寄せた。

屹立する男根が柔乳の海に沈む。

「あっ、おぉ……！　思ったよりも気持ちいいっ……！」

乳房だけでは圧迫感が足りないと思われたが、実際には違った。

ふたりが腰をよじるたび、球肉と球肉が押しあって中央のペニスを潰す。ローションの滑りで激しく動くので摩擦感も充分。

「んっ、んっ、ふふっ、卓さん、もうビクビクしてる」

「葵もおっぱい大きくなったものねぇ。男の方は夢中になっちゃうでしょう？」

「その理屈だとお母さんに夢中になっちゃうよ」

「でも若いってそれだけで武器ですもの。ねえ、荻名先生？」

親子の会話を交わしながらも、ひとりの男に乳淫奉仕する。日常と非日常の入り交じった情景に卓は不思議な興奮を覚えた。家族関係に性欲剝き出しで踏みこんでいるような、下卑《げび》た欲情がともなう。

「せっかくだから、ふたりももっと愉しんでよ」

卓は左右の股に手を伸ばした。少々つらい体勢だが、ふたりが腰をひねって股を近くしてくれた。

指が二本ずつツルリと入る。

「あんッ」

「はぁあッ……！」

指を出し入れすると水音がした。肉唇が美味しそうにしゃぶる音だ。

「あっ、やんっ、卓さんっ、変な声出ちゃうっ」

「んんッ、はあッ、娘にこの顔を見せるのは恥ずかしいですね……」

さすがに喘ぎ声とよがり顔は恥ずかしがるらしい。

「いまさらだよ、ふたりとも」

卓はいままでの経験を活かして、ふたりの性感帯をたくみに突いた。Gスポットを中心に膣内の起伏をなぞって、弱い部分をピンポイントで擦り、あるいは避けて焦らす。

「あっ、んっ、ぁあッ……！　卓さん、卓さんっ……！」

「娘のまえなのにっ、あひッ、気持ちよくなっちゃう……！」

ふたりして官能に腰尻を躍らせるが、胸を使うことも忘れていない。揺らし、弾ませ、男根に刺激を与えつづける。

間もなく三人は同時に頂点に達した。

「出るッ……！」

「あッイクっ、イッちゃうッ、卓さんッ……んんんッ！」

「ああぁあッ、イキますイキますイクぅッ……ぁあああッ！」

男女そろって心地良い痙攣に身を任せた。

（ああ、ふたりがかりのパイズリってイクときが幸せかも……）

射精中の敏感な亀頭を乳肉が柔らかく包んでいるのがたまらない。

両手の人差し指と中指が熱々の肉壺に包まれているのも心地良かった。

なによりも三人で絶頂を共有すると多幸感が大きい。しかもいわゆる親子丼。巨乳美人と巨乳美少女の極上セット。

「下の穴、使いたい」

ついつい率直にそう言ってしまった。

「はーい、オーケーです。卓さんのためだけのおま×こだからね」

「親子そろってダメにしちゃうなんて、本当にすごいおち×ぽですね……」

ふたりは四つん這いになって尻を並べた。

こちらは胸と違って極端なほどに差がある。

娘のほうは形がよく丸いが、若々しく引き締まった小さめのもの。

母親のほうは乳房に負けず肉付きが抜群で、尻たぶが雄大にさえ見えるほどだ。並べてくらべると子どもと大人が並んでいるかのように思える。

「じゃあまずは……こっちだ！」

卓は肉々しい巨尻をつかんで、肉汁あふれる秘壺に剛直を突き立てた。

「あおッ！　おへぇえぇッ……！　いきなりっ、あへッ、激しッ、ぃいいいッ」

さっそくパンパンと股で尻を打ち鳴らす。

膣内まで肉厚で、柔らかくも伸縮自在。角度を変えて突いた場所に亀頭が深く沈む感があって面白い。たくさん突きたくてたまらない。

「うわぁ……声では聞いてたけど、お母さん、顔もすごいことになってるよ」

葵は母親の歪んだ顔を眺めて感嘆していた。

「あへっ、だめッ、見ないで葵ッ……！　母さんがおち×ぽに負けてるところなんて見ちゃダメよっ、おひッ！　ひんんッ、あぉおおおッ……！」

口では拒絶しているが、八重の熟穴はますます大量の愛液を漏らしていた。娘に間近で見られて恥辱に昂揚している。やはり根がMなのだろう。

「余裕ぶってなんていられないぞ？　次は葵だ！」

「あ、やったぁ……んあぁあッ、おち×ぽきたぁッ！」

八重から引き抜いた逸物をすぐ隣の若穴に叩きこむ。こちらもいきなりテンポよくパンパンと打ち鳴らした。蜜のしぶきが飛ぶほどに若女将は濡らしていた。

「あああッ、卓さんっ、卓さん好きッ！　卓さんのおち×ぽで虐められると全部なんでもどうでもよくなっちゃうッ！　んぉおおおッ！」

「まあ……あなたもそういう顔してこんな声を出しちゃうのね。なんだか不思議な気分……もう大人なのねぇ」

母親の寸評に葵の膣口がキュッと窄まる。一方で膣内は元気よくうねってペニスを抱擁する。羞恥に反応するのは敷山の血だろうか。

「チ×ポ入ってないからって安心しないでよ？」

卓は八重の秘処に中指を入れてGスポットを押さえた。親指で陰核をこすりながら、一気に快感を高めていく。

「あっ、先生ッ！　そこはッ、それはッ、あひんッ！　んおぉおおッ！」

「ああッ、母さんイキそうになってる？　私もっ、私ももう無理かもッ……！　今日すっごい感度よくなってて、んあッ、無理ッ、無理むりぃッ……！」

親子そろってよがり狂う様を見定めて絶頂寸前、指とペニスを抜いた。

「あっ、やあッ……！　どうしてぇ、卓さんッ……」

「葵、先生はセックスだとすごく意地悪な人なのよ……」

「それは知ってるけどぉ……」

イキそこねて不満そうなふたり。

今度は八重に逸物を、葵に指をくれてやった。

「おへぇッ！」

惨めったらしいM女の喘ぎが同期していた。

「ほら、こうやって突かれるの八重は好きだろ？　葵は浅いマ×コの奥まで指突っこまれて子宮をトントンされるとトロトロになるだろ？」

「あおっ、おんんッ、好きですッ、この突き方好きぃいいッ」

「あへぇええッ……！　とろとろになっちゃうぅ、アソコも頭もぉ……！」

腰遣いと手つきは大胆に。

それでいて母娘のよがり具合はしっかり見定める。

「あーイクッ！　イッてしまいます先生ッ！　んぁあああッ！」

「卓さんっ、イッちゃうイッちゃうッ、ぁはぁああッ！」

絶頂寸前で引き抜く。

「ああっ、またっ……！」

「ううぅ、卓さぁん……！　熱くて狂っちゃうよぉ」

ふたりが物欲しげな顔をすると、ペニスと指を入れ替えてまた挿入。

ひとしきり虐めて寸止め。入れ替えて挿入し、タイミングを見計らって抜く。

くり返すうちにふたりの体は痙攣が止まらなくなっていた。

「あーっ……！　あーッ……！　も、ほんとに、むりぃ……死んじゃうぅ、許ひてぇ、卓さんっ……！」

「んっ、えひッ、おぉおッ……！　先生、イカせてくださいまし、先生ぇ……！　アソコ、切なくて、おかひくなっへひまいますぅ……！」

ふたりとも呂律がまわっていない。振り向いて投げかけてくる視線も、焦点があわずどこを見ているかわからない。

「イカせてほしかったら誓ってよ」

卓は言った。

自分の欲望のまま、後先考えずに。

「妊娠するからイカせてくださいって」

男の本能から出た言葉だった。

親子の尻を後ろから突くうちに、獣欲が煮詰まって繁殖欲になっていた。

彼女たちにとっても、それはおなじだったらしい。

「妊娠するっ……！　したいっ、卓さんの赤ちゃんほしいぃッ……！　たくさん愛しあって、気持ちよくイッて、妊娠するのぉ……！」

「わたくしも、この年で妊娠だなんて恥ずかしいけど……妊娠しますから、どうかイカせてくださいまし……！」

恥辱と欲求に酩酊した声だった。

卓は尻を平手で叩き、柔肉の震える様を見てさらに興奮した。

「ほかの男には一生マ×コ使わせませんって言え！」

「絶対に使わせないっ！　葵のおま×こは卓さん専用ですっ！」

「先生のためだけにおま×こを濡らしますっ！　専用ですぅ……！」

「よく言った！　親子そろって孕《はら》ませてやる！」

以前の卓であれば考えもしなかった言葉がスラスラと出た。

加虐心を海綿体にこめて、卓はふたりを貫いた。

「あへぇえッ！　あんッ、おッ、おへっ、ぇあぁあッ！」

「おんッ！　おんッ！　おっ？　おおぉおッ、あおぉおおおッ！」

交互に貫き、交互に指でいじりまわす。

いつしかふたりの声は脳でひとつになり、至高の淫声となっていた。

ペニスと指の感覚もないまぜだ。どちらも最高に気持ちいい。

「ううぅ、孕ませるッ、妊娠させるッ……！」

海綿体が激しく脈打った。灼熱感に股ぐらが沸き立つ。射精したい。

葵と八重もみずから尻を振って最高の快楽を求めた。

「んおッ！　あへっ！　精子ほしいっ！　中出ししてッ！　卓さんッ！」

「あおぉおおッ……！　熱い精子でイキたいですぅッ！」

ひときわ強く尻が突き出された。

同時に卓は腰を突き出した。

ベチィッとひときわ痛々しく肉音が鳴る。

どちらに挿入してるのか、もうわからない。

尿道から男根全体へ、そして全身へと至福の痙攣が広がっていく。その感覚に抗うことなく、卓は全身全霊を噴出した。

「おおおッ！」

ただ雄叫《おたけ》びをあげて露天の浴場に響かせる。

時おなじくして女たちも獣の声をあげていた。

「イクイクイグイグゥうううッ！　ぁおおおおおおッ！」

「おへぇぇえええええッ！　精子きたぁあああッ……！」

どちらがどちらの声かわからない。

体は本能に従い、射精を無理やり堪えて途中でとなりにハメ直した。一定量注ぎこむと、またもう一方に注ぐ。

均等に精子をくれてやって、受精させたい。

さいわい自分でも驚くほど大量に出た。ふたりを焦らしているあいだ自分自身を焦らすことにもなったからだ。

差し替えるあいだに膣からぶぴぶぴと白濁があふれ出す。ハメている最中もわずかな隙間から漏出していた。

「あぁあ……こんなにいっぱい……」

「お風呂じゃなかったらお掃除に困ってたかも……」

敷山母娘はうなだれ、自分の股から滴《したた》る粘汁を恍惚《こうこつ》と眺めていた。

一区切りの雰囲気だが、まだ終わりではない。

「もっとサービスしてくれるよね？」

「それはもちろん。卓さんが東京に帰ってもしばらく勃たないぐらいにね」

「ここなら汚れてもすぐに洗えますから」

ふたりは嬉々として卓に体を開いた。


くり返しくり返し、何度も何度も交わった。

親子まとめて、あるいは片方が休んでいるあいだにもう一方を。

精魂尽き果てるまで出しつくしたあとは、汚れを落として湯に浸かる。疲れが溶かされ、全身の血行がよくなり、精力がわずかに戻った。

ダメ押しの一回で葵に中出し。

かくして特別サービスは締めくくられた。

ふたりは三つ指をついて頭を下げる。

「お疲れさまでした、荻名さま」

「またのお越しをお待ちしております」

「こちらこそお世話になりました……本当に、ありがとう」

性的な充実感で隠しきれない寂しさを抱えながら、卓は露天風呂を後にした。

浅城温泉とはそれでお別れだった。

荻名卓の新作は発売するなり賛否両論となった。

とくに否を取りあげるなら、

──女性描写がくどい。

──ベッドシーンに尺《しゃく》を割《さ》きすぎ。

──官能小説のような猥褻《わいせつ》さを感じる。

などなど。

しかし大ヒットとはいかずとも売れ行きは好調。官能的な描写を抑えた次回作も間を置かず発売し、こちらも悪くない成績を残した。

映像化作品に恵まれたことで、新作ばかりか過去作も安定して売れつづける。

あるとき、荻名卓が首都圏を去ったとの情報が出まわった。

地方都市に引っ越したとか、家業を継いだとか、とある旅館の大旦那に収まったとか──様々な噂は飛び交うが、新作は定期的に出つづける。いまや作家と編集のやり取りもインターネットを介すので出版社の近くに住む必要もない。

あるとき、卓は雑誌のインタビューに冗談めかしてこう答えた。

『作風が変わったのは温泉に浸かったからですね』

無類の温泉愛好家であり愛妻家。
それが編集者の語る荻名卓像であるという。

（了）

※本作品はフィクションです。作品内に登場する
団体、人物、地域等は実在のものとは関係ありません。

湯《ゆ》けむり艶肌旅《つやはだたび》

〈書き下ろし長編官能小説〉

2022年10月18日初版第一刷発行

著者………………………………………………… 葉原 鉄

デザイン…………………………………………小林厚二

発行人……………………………………………後藤明信

発行所………………………………………株式会社竹書房

〒102-0075 東京都千代田区三番町8-1

三番町東急ビル6F

email：info@takeshobo.co.jp

竹書房ホームページ http://www.takeshobo.co.jp

印刷所…………………………………中央精版印刷株式会社

■定価はカバーに表示してあります。

■落丁・乱丁があった場合は、furyo@takeshobo.co.jp までメールにてお問い合わせください。

©Tetsu Habara 2022 Printed in Japan

好評既刊

長編官能小説
ほしがり銭湯三姉妹
伊吹功二　著

美人三姉妹が経営する銭湯に関わることになった男は、湯船やマッサージ室で彼女らと戯れて…蜜楽銭湯エロス！

770円

長編官能小説
禁断の人妻ハーレム
九坂久太郎　著

父と兄を事故で亡くし、青年は後妻と兄嫁と暮らすが、情欲を持て余した未亡人たちに誘惑され禁断の快楽を…。

770円

次回刊行案内

長編官能小説
ゆうわく保母さん

俊英が描く熟女と美女の誘惑エロス！
2022年10月17日発売予定!!

羽後旭

青年は保育園の保母さん達に優しく誘惑されて…!?

770円